谨献给诗人、翻译家 屠岸先生

序

冷冰川

从青年到现在中年，我和屠岸先生有过几次不期而遇的自然交集。青少年时，记忆里漫长的冬夜（那时候天真冷）我在被窝里一遍遍目刻着莎士比亚的诗句，索摸着身心初醒的本色。后来，我才知道那是屠先生的译著《莎士比亚十四行诗集》。

后来，生活·读书·新知三联书店出版了一本《闲花房》，我和屠先生有了几次面对面的深谈。他还以《闲花房》的画创作了几首诗，我至今珍惜着老先生干净纯然的手迹。那些年每次暑期回来，我总会去屠先生那里，捎上我北京家人的问候，也捎上我对诗歌一无所知的热情，我们也有了要合作一次诗画合集的约定（那时候天真热）。

再后来，当我在巴塞罗那的圣玛利亚（Mare de Déu）教堂补办的婚礼上，从屠先生挽中接过我太太时，我们又有了家人的亲近。八十多岁的屠先生不远万里来西班牙，代表着我们双方的家长，见证我们新生活的开始。在地中海海边夕阳下，屠先生用真正的江南古调给我们吟唱了一首（他自己创作的）对爱情对未来的祝福。他真元朗朗的音韵，给在场的人留下了无以传达的深情。这么多年过去了，我脑中依然刻印着老先生微风中的白发、清凛矜持的雅文风神和古调吟唱后现场的一大片幽远的沉寂。那是一次真正灼热的创作与合作。

从1997年的约定到今天的合集，整整二十年过去了，可叹先生匆匆别离，没见着合集的问世，真是憾事。我捧着老先生病危中歪斜画出的一字一句，心中涌出无尽的感伤……仿佛见着先生以旧时的自由奔跑，以旧时的尊严，以旧时的灵魂，完成着一个人的诚实和纯真——那时候人单纯谦逊、感情执着，有独特的清洁，那时候的激情引人入胜。老时的人、事自带光环，有着来世水洗的朴素颜色和静静燃烧的力量；老时的人是独自完成一生的滋味，"一个人"就是一种书写风格、一种传说。现在回望时我相信，一种内心、一种深情、一种鲜活……人从未失落，从未，从未。这是我们的告别。我不管是否有人倾听，我站起来歌唱。

灯光夹白

足！！

屠岸

凶黑的夜

我狂奔入屋

伏案的弟弟

屠岸－冷冰川　诗与画

屠岸之印

青枝　27cm×68cm　2009

灵恋

一条蓝线，从荷苑延伸到蕙溪，
  弦，拨一拨，弦枕轻轻地跳跃，
一丝红绳，从蓍云放射到晨曦，
  琴，抖一抖，音孔独熟地颓蹶。

帘幕晃动，风送来咽啾和喋喋，
  纱灯摇曳，光搅回暗昧和明烨；
幽咽一波又一波，诠腾着心花，
  嘹亮一阵又一阵，捶叩着眉叶。

哦！文笔塔影潜入溪源的碧润；
  红绳和蓝线交织成晨梦的琳琅；
哦！竞渡桥栏依傍着七卷彩幡；
  阳光和月色糅合成夜宴的流觞……

童年和耄耋会抱，永远不分离：
天使们围拢来舞蹈，辟魔辟易！

灵恋

一条蓝线，从荷苑延伸到蕙溪，
　弦，拨一拨，弦枕轻轻地跳跃，
一丝红绳，从暮云放射到晨曦，
　琴，抖一抖，音孔猛烈地颠蹶。

帘幕晃动，风送来喁啾和咳喋，
　纱灯摇曳，光揽回暗昧和明烨；
幽咽一波又一波，泛腾着心花，
　嘹亮一阵又一阵，捶叩着眉叶。

哦！文笔塔影潜入溪源宫碧润；
　红绳和蓝线交织成晨梦的琳琅；
哦！觅渡桥栏依傍着七巷彩幡；
　阳光和月色糅合成夜宴的流觞……

童年和耄耋合抱，永远不分离：
天使们围拢来舞蹈，群魔辟易！

冬至　50cm×35cm　1996

010 | 011

听双双弹奏《云雀》

大运河从楼前迤逦流过，
光波耀动，映上玻璃窗。
书架上放着济慈十四行，
窗幕在风中卷起，降落……

黑键和白键参差奔跃，
五指如霹雳扫过旷野，
一阵阵轻雷向天末倾泻。
亮丽的太阳穴绽出笑靥……

高和低较量，动和静搏斗，
心通过指法把情思释放，
徘徊，追求，环视，向往，
悲壮的延续，和谐的持久……

你庄严面对休止符哲学：
你含笑抹去心底的泪液……

听双双弹奏《云雀》

大运河从楼前迤逦流过，
光波耀动，映上玻璃窗。
书架上放着莎翁十四行，
帘幕在风中卷起，降落……

黑键和白键参差奔跃，
五指如霹雳扫过旷野，
一阵阵轻雷向天末倾泻。
亮丽的太阳穴绾出笑靥……

高和低较量，动和静搏斗，
心通过指法把情思释放，
徘徊，追求，环视，向往，
悲壮的赓续，和谐的持久……

你庄严面对休止符哲学：
你含笑抹去心底的泪液……

琴心三叠　50cm×35cm　2002

凶黑的夜

凶黑的夜
我狂奔入屋

伏案的弟弟
灯光灰白

"火！"

凶黑的夜

凶黑的夜
我狂奔入屋

伏案的弟弟
灯光灰白
"火!"

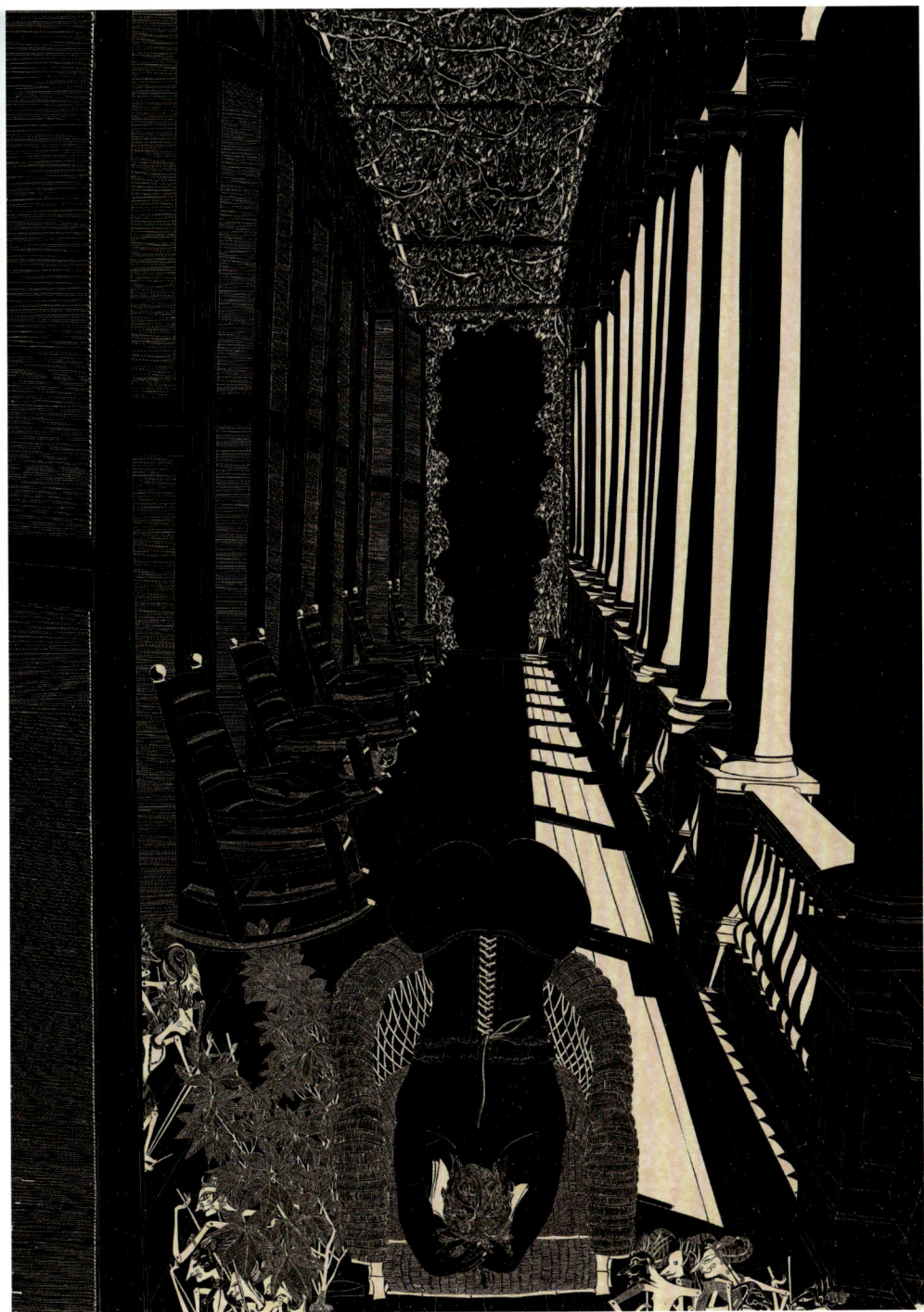

触处似花开　70cm×50cm　2003

小巷

她，赶上了夜深的小巷，
同是归家的路程。

隆冬，满地残霜，
耐着皓月的严寒。

搀住了她小小的手，
女孩只默默地低头，
朔风中微微的温暖。

她说，家在深巷的尽头，
屋里只有一个老妪
在等她归返。

"我送你回去吧！"
她忽然呐喊，望着我退缩。

沉默了，我俩，
夜寒教她紧偎在我身边。

我桥头的家到了，依依，
看着她独自走入黑暗。

钉靴在雪地上踏过
手里提着一双布鞋。

又一次回眸，
红色的衣衫在夜幕中去远。
大大的足印留在夜的巷底。

小巷

她，赶上了夜深的小巷，
同是归家的路程。

隆冬，满地残霜，
耐着腊月的严寒。

挽住了她小小的手，
女孩只默默地低头，
朔风中微微的温暖。

她说，家在深巷的尽头，
屋里只有一个老妪
在等她归返。

"我送你回去吧！"
她忽然仰首，望着我退缩。

沉默了，我俩，
夜寒教她紧偎在我身边。

我桥头的家到了，依依，
看着她独自走入黑暗。

钉靴在雪地上踏过
手里提着一双布鞋。

又一次回眸，
红色的衣衫在夜幕中去远，
大的足印留在夜的巷底。

听笛　50cm×38cm　1989-1996

青果巷

大雨骤，移步来到，青果巷，
踩雪声细碎，一缕老阳光；
绿荫挡炎日，白纱帐，薄被，
胸襟坦诚，愿永世不相忘。

课桌，第一排，第一座，临窗，
朝阳照耀着，听课的脸庞，
认真，专注，乌亮的眼珠，
默然无语，聪慧，安详……

执教鞭，乌篷船运到水乡，
多少小脸庞，企求，渴望；
啊！绿衣送噩耗到淡水路，
少年大志，化一片软浪……

深巷里，姑娘卖衣声细细，
一缕幽魂，正奔向课堂……

青果巷

大庙弄，移步条石，青果巷，
踩雪声细碎，一缕太阳光；
绿荫挡炎日，白纱帐，薄被，
胸襟坦诚，愿永世不相忘。

课桌，第一排，第一座，临窗，
朝阳照耀着，听课的脸庞，
认真，专注，乌亮的眼珠，
默默无语，聪慧，安详……

执教鞭，乌篷船送到水乡，
多少小脸庞，企求，渴望；
啊！绿衣送噩耗到淡水路，
少年大志，化一片软浪……

深巷里，姑娘卖花声细细，
一缕幽魂，正奔向课堂……

传说之三　50cm×42cm　1998

夜 渔

茫茫，黑夜的岸滩，
渔童在船火旁削制弹弓。

芦丛也一个老翁，
默默等待着蟹的絮扰。

引诱，点点星火，
草围里焚着木屑，微红。

浅水，靠近蟹棚，
映着一盏寂寞的灯笼。

夜渔

茫茫，黑夜的岸滩，
渔童在船火旁削制弹弓。

芦丛边一个老翁，
默然等待着蟹的聚拢。

引诱，点点星火，
草囤里焚着木屑，微红。

浅水，靠近蟹棚，
映着一盏寂寞的灯笼。

江东之二　50cm×35cm　1987

野火

野火一簇
在山的一隅燃烧
野花一朵
在山的半腰绽开

野火熄灭了
满坑满谷绽开了野花
花瓣凋落了
漫山遍野燃起了野火

野火

野火一簇
在山的一隅燃烧
野花一朵
在山的半腰绽开

野火熄灭了
满坑满谷绽开了野花
花瓣坠落了
漫山遍野燃起了野火

星月　50cm×35cm　1999

诗乃是人类

灵魂的声音

屠岸

白露

"露从今夜白，
月是故乡明。"

所有的苹果车都滚向你
所有的葡萄串都垂向你
所有的高粱花都抬向你
所有的田亩都倾向你

而你已悠然入梦
梦见最悠长的夜
梦见最幽远的月亮
梦见最优美的语言链：
果园的诗，田野的歌

"露从今夜白，
月是故乡明。"

白露

"露从今夜白，
月是故乡明。"

所有的苹果车都滚向你
所有的葡萄串都垂向你
所有的高粱茬都指向你
所有的田亩都倾向你

而你已悠然入梦
梦见最悠长的夜
梦见最幽远的月亮
梦见最优美的语言链：
果园的诗，田野的歌

"露从今夜白，
月是故乡明。"

无题　80cm×60cm　2017

别

黄昏，日落了
仍是一片打豆的声

记着，柴堆的背后
别了，场者的豆壳里

白色的衣裙下
露出一双酱色的圆腿

空了人的夜场上
还散着一大片麦芒

别

黄昏，日暮了
仍是一片打豆的声

记着，柴堆的背后
别了，扬着的豆灰里

白色的衣裙下
露出一双酱色的圆腿

空了人的夜场上
还散着一大片麦芒

秋风落月　45cm×30cm　1987

夜雪

一片，一片
飘入我大衣的黑呢

雪花儿黏上
牢在指梢的圆灯的罩
便逝去了

五六寸的深
走一步，足一拔

挨过田边隐没的小路
移进竹篱间的狭弄

远处偷越过来
三两声犬吠的回音

"那是甚？"
"猫头鹰的招呼……"

模糊的街灯
在黑色的弄口窥视

她安慰我焦急的心
"桥头的家快到了"

夜雪

一片，一片
飘入我大衣的黑呢

雪花儿黏上
吊在指梢的围灯的罩
便进去了

五六寸的深
走一步，足一提

挨过田边隐没的小路
移进竹篱间的狭弄

远处偷越过来
三两声犬吠的回音

"那是甚？"
"猫头鹰的招呼……"

模糊的街灯
在黑色的弄口窥视

她安慰我焦急的心
"桥头的家快到了"

无题　尺寸不详　1985

圣玛利亚教堂的风琴声

暂代做家长，让新娘挽住右臂，
随和谐琴声，带她缓步进圣堂。
殿正中圣母像背后豎起两烛，
我把新娘的素手交给了新郎。

亮星圈，大圈十二粒，小圈十八粒，
绕圣母一脸庄严，刹那间，露微笑。
神父读圣经，愿圣母护佑你，祝福你；
冰川化春水，美美的鸣声遏云霄……

不管顺境或逆境，生、老、病、死，
我发誓永远爱你，终生属于你。
玫瑰花瓣如甘雨，向新人抛撒，
米粒如迅电，身后满一条白溪。

神父挽我手；新人向我深鞠躬：
有慈善节节，就有了永世的笑容……

圣玛利亚教堂的风琴声

暂代做家长，让新娘挽住右臂，
随和谐琴声，带她缓步进圣堂。
殿正中圣母像背后星光闪熠，
我把新娘的素手交给了新郎。

亮星圈，大圈十二粒，小圈十八粒，
绕圣母一脸庄严，刹那间，露微笑。
神父读圣经，愿圣母护佑你，祝福你；
冰川化春水，关关的鸣声透云霄……

不管顺境或逆境，生、老、病、死，
我发誓永远爱你，终生属于你。
玫瑰花瓣如甘雨，向新人抛掷，
米粒如迅电，身后淌一条白溪。

神父握我手；新人向我深鞠躬：
有您当爷爷，就有了永世的笑容……

西班牙山水之二　50cm×38cm　2000

鸭

一群鸭在河里，
嘻嘻地游着。

它仍只是向前
嘻嘻地游着。

一 大块黑色的东西
在水面上浮起来。

啊，一头水牛！
一群鸭急忙回头。

鸭

一群鸭在河里，
嘻嘻地游着。

它们只是向前
嘻嘻地游着。

一大块黑色的东西
在水面上浮起来。

啊，一头水牛！
一群鸭急忙回头。

白云天　48cm×48cm　1989—1990

056 I 057

物理学

你是水银，
搁在方匣里
就是方形了
装进圆瓶里，
就是圆形；
温度低了，
就下降；
温度高了，
就上升……

我是金刚石，
透明得
好像不存在。
但我有角有棱，
永远坚贞。
最锋利的刀
碰到我
也要卷刃！

物理学

你是水银,
搁在方匣里,
就是方形;
装进圆瓶里,
就是圆形;
温度低了,
就下降;
温度高了,
就上升……

我是金刚石,
透明得
好像不存在。
但我有角有棱,
永远坚贞。
最锋利的刀
碰到我
也要卷刃!

野豌豆　22cm×28cm　2011

菩提子　50cm×70cm　2003

慧眼

淡淡的春光呵！
偶然的惊恐
也出现在平静中。

不长的睫毛，
从没有微笑。

凝流的慧眼
却冷出了光华。

微缓地激动着——
优亲的童心
已成熟了一丰。

慧眼

淡弱的春光呵！
偶然的惊恐
也出现在平静中。

不长的睫毛，
从没有微笑。

凝流的慧眼
却泛出了光华。

微缓地激动着——
优柔的童心
已成熟了一半。

小暑　50cm×35cm　1997

发结

淡红的发结，
缎带扣住童年的乌丝。

躲在温柔的幕后，
相对着微笑，脉脉无语。

无知的羞涩，
丰满的颊上泛起红雾。

孩子的拥抱
是这样轻柔，相互爱抚。

只说是玩弄口沫，
幼稚的接吻，小心地亲住。

小臂搂着小颈，
一个在为一个祝望睡去。

发结

淡红的发结，
缎带扣住童年的乌丝。

躲在温柔的幕后，
相对着微笑，脉脉无语。

无知的羞涩，
丰满的颊上泛起红雾。

孩子的拥抱
是这样轻柔，相互爱抚。

只说是玩弄口沫，
幼稚的接吻，小心地亲住。

小臂挽着小颈，
一个在另一个怀里睡去。

春梦　47cm×36cm　1999—2002

使者

披一身红罗，洒几朵白花，
生命的芳芳，青春的光华，
放逐了一切冶艳和妖媚，
超越了端详和雍容华贵。

一头乌发，天些'地内亮；
眼中含笑，笑中含幻想。
轻盈而沉稳，沉稳却敏捷，
敏捷于周旋，与好梦纠结。

你端平，使你的事业崇高，
你永远不懂得甫事与骄傲；
你轻轻说一句春风满窗，
顷刻间葱绿布满在心间。

复活的申江，再生的芳草，
殷勤的使者叩响了春晓！

使者

披一身红罗，洒几朵白花，
生命的芬芳，青春的光华，
放逐了一切冶艳和妖媚，
超越了端详和雍容华贵。

一头乌发，天然地闪亮；
眼中含笑，笑中含幻想。
轻盈而沉稳，沉稳却敏捷，
敏捷于周旋，与好梦纠结。

你端平，使你的事业崇高，
你永远不懂得鄙夷与骄傲；
你轻轻说一句春风满面，
顷刻间葱绿布满在心间。

复活的申江，再生的茜草，
殷勤的使者叩响了春晓！

四季系列　40cm×28cm　1987

流萤

岸边，苍凉的夜
枯树间闪着鬼火

浅涸的河床
流萤在草丛里飞满

微微地出现了
一群招魂的眼睛

一个个惨绿的幽灵
隐入了深深的桥洞

流萤

岸边，苍凉的夜
枯树间闪着鬼火

浅涸的河床
流萤在草丛里飞满

微微地出现了
一群招魂的眼睛

一个个慢移的幽灵
隐入了深深的桥洞

仲夏　50cm×38cm　2001

蜗牛看我

出门去忘了年龄
凭习惯加快脚步
半分钟没走多远
却已经气喘吁吁

始终拒绝拿拐杖
拐杖只助长摔跤
蹒跚似风筝升空
自由如水中船摇

不要怪步子太慢
一步跨二十公分
蜗牛看我像飞机
阿Q正驾机腾云

尺有所短寸有长
龟兔都在赶路忙

蜗牛看我

出门去忘了年龄
凭习惯加快脚步
半分钟没走多远
却已经气喘吁吁

始终拒绝拿拐杖
拐杖只助长摔跤
蹒跚似风筝升空
自由如水中船摇

不要怪步子太慢
一步跨二十公分
蜗牛看我像飞机
阿Q正驾机腾云

尺有所短寸有长
龟兔都在赶路忙

千秋岁　53cm×33cm　1983

082 | 083

古寺

山雨迷蒙中
抵达了一座古寺

潮气抱着松柏
湿重了行人的愁绪

森严的佛殿里
雨声也更沉静了

阴沉得可怕呵!
灰雾淹没了山路

古寺

山雨迷蒙中
抵达了一座古寺

潮气挹着松柏
湿重了行人的愁绪

森严的佛殿里
雨声也更沉静了

阴沉得可怕呵!
灰雾淹没了山路

塔　尺寸不详　1983

塔灯

何以榕树的气根招引我？
那是云岚垂下的发丝。
何以榕树的高枝捶击我？
那是雷电迸出的手指。

为什么夜夜徘徊在海弯？
童梦在波韵浪涡里出没。
为什么视线定格在市廛？
冬夏在时序轮回里拨河。

溯源寻来浪荡涂思虑：
金山衔英毯侥弄古佛；
三坊和七巷粘住快步，
万石生态林牵系魂魄……

忘不掉海也巍峨的塔灯，
它，吞噬了我所有的爱憎！

塔灯

何以榕树的气根招引我?
那是云岚垂下的发丝。
何以桉树的高枝捶击我?
那是雷电迸出的手指。

为什么日夜徘徊在海湾?
童梦在波翻浪涌里出没。
为什么视线定格在市廛?
冬夏在时序轮回里拔河。

溪源宫柔浪荡涤思虑:
金山衢茶盘供养古佛;
三坊和七巷粘住快步,
万石生态林牵系魂魄……

忘不掉海边巍峨的塔灯,
它,吞噬了我所有的爱憎!

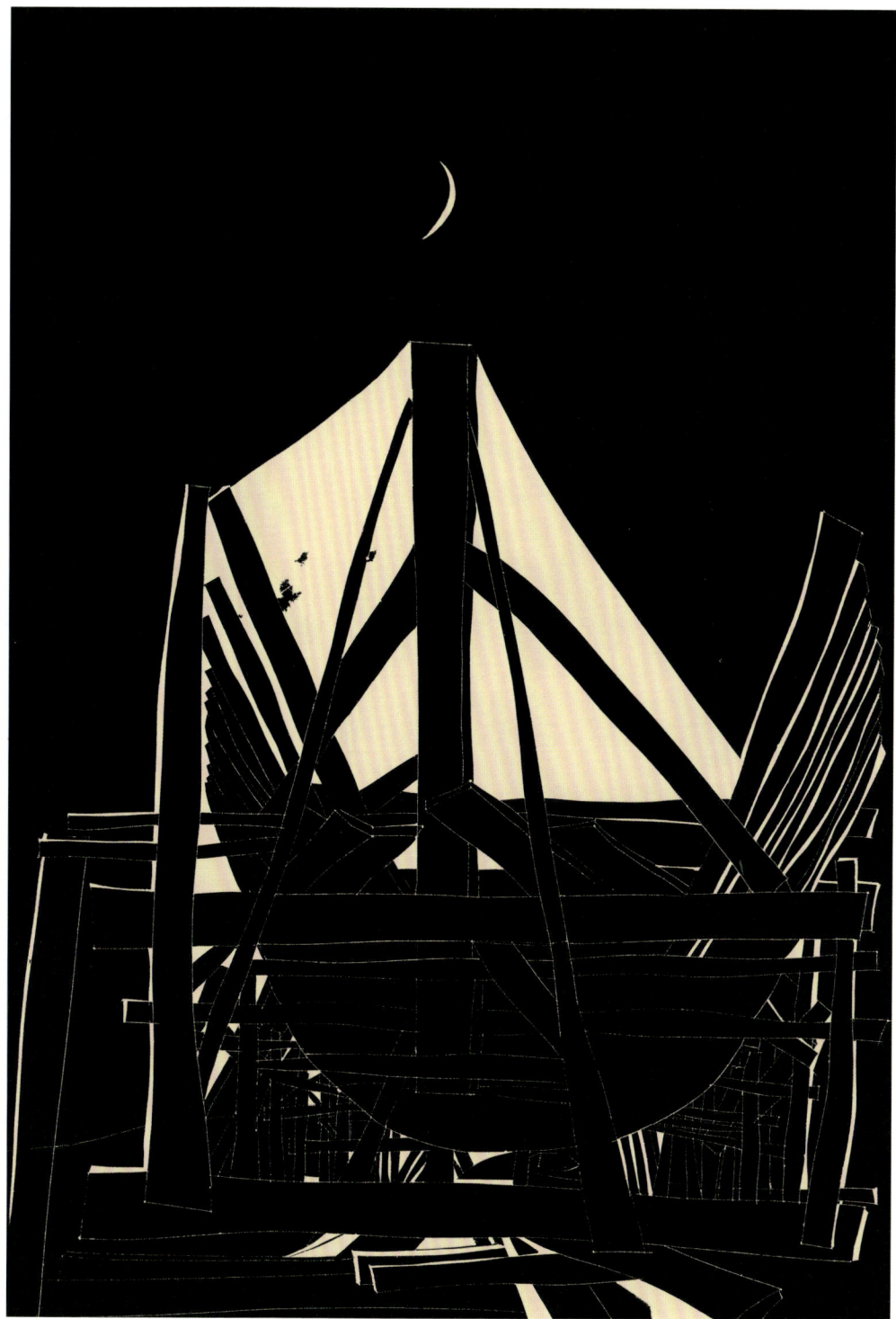

四季系列　40cm×28cm　1987

缪斯

萬歲

屠岸

星眸

依稀,在篱畔
三十年前野草丛里
流星,莞尔一笑
向秋风告别

如今,在灯前
又见到深情的眼睛
不觉有一滴
清莹的泪光
从夜空坠落

星眸

依稀，在篱畔
三十年前野草丛里
流星，莞尔一笑
向秋风告别

如今，在灯前
又见到深情的眼睛
不觉有一滴
清滢的泪光
从夜空坠落

大寒　60cm×78cm　2017

醒

午夜里抬起睡眼
夏布帐外的烛火熄了

帐钩上挂着的小笼里
促织娘早停了振翼

深沉的夜，隐约听得
火车疾驰过远处的高地

天窗外还未透进半点亮
思虑着再进不了睡乡

醒

午夜里抬起睡眼
夏布帐外的烛熄了

帐钩上挂着的小笼里
促织娘早停了振翼

深沉的夜，隐约听得
火车疾驰过远处的高地

天窗外还未透进半点亮
思虑着再进不了睡乡

谷雨　50cm×35cm　1989-1990

打谷场上

夏夜，村后的打谷场上，
老汉的旱烟筒一亮，一亮……

"他受了伤，被鬼子俘虏了，
对汉奸的劝降，他只冷笑。

"他被捆绑在刑桩上，
面对着武士道受浸的军刀。

"说不说？没有低头，没有呻吟；
说不说？连表情也没有。

"一刀！一刀！一刀！血，像潮水般迸涌出来……
还是孩子般的嘴唇紧闭着，直到停止呼吸。

"他倒在荒草丛中，血，流在大地上。
十五岁的新四军，只有十五岁呀……"

我，一个教师的儿子，在心里流着血，
为着一个庄稼老汉的独子。

我是在听故事吗？我在思忖：
十九岁的我怎样才对得起这块大地……

一九四二年 江苏盐城

打谷场上

夏夜，村后的打谷场上，
老汉的旱烟筒一亮，一亮……

"他受伤了，被鬼子俘虏了，
对汉奸的劝降，他只冷笑。

"他被捆绑在刑桩上，
面对着武士道血浸的军刀。

"说不说？没有低头，没有呻吟；
说不说？连表情也没有。

"一刀！一刀！一刀！血，像潮水般迸涌出来……
还是孩子般的嘴唇紧闭着，直到停止呼吸。

"他倒在荒草丛中，血，流在大地上。
十五岁的新四军，只有十五岁呀……"

我，一个教师的儿子，在心里流着血，
为着一个庄稼老汉的独子。

我是在听故事吗？我在思忖：
十九岁的我怎样才对得起这块大地……

一九四三年　江苏吕城

酿酒的石头　50cm×38cm　1999

梧州鸿爪

脚踏白云山，登上风筝亭，
望远处桂江和浔江汇合，
青碧和橙黄挽臂，交颈，
大地上掀起鸳鸯江彩波。

圆球抛过来，飞越木棉丛，
给身上白衬衣盖下球印；
白影循山路一级级俯冲，
波动的束发穿过了白云。

忘了哪夜在西江上，华厅里，
应平生第一个舞伴邀舞，
白凉鞋踏冰泉和沸泉旋飞，
音乐漂我到竹园深处？

荔枝风吹断了三年梦幻，
白裙子消隐在龙洲之畔。

梧州鸿爪

脚踏白云山，登上风筝亭，
望远处桂江和浔江汇合，
青碧和橙黄挽臂，交颈，
大地上掀起鸳鸯江彩波。

圆球抛过来，飞越木棉丛，
给身上白衬衣留下球印；
白影循山路一级级俯冲，
波动的柔发穿过了白云。

忘了昨夜在西江上，华厅里，
应平生第一个舞伴邀舞，
白凉鞋跨冰泉和沸泉旋飞，
音乐漂我到竺园深处？

荔枝风吹断了三年梦幻，
白裙子消隐在龙洲之畔。

闲花房之冬　30cm×42cm　1989

PLATONIC 爱

微风从白云的裙边徐徐吹来，
发梢沾染的花香随风尾散开；
溪畔青青草把芳芳吸入蕊花，
涟漪和氢氧拥抱成一池徘徊。

云裳旋转着把层层青峦覆盖，
遍过薄雾的阳光受群峰拥戴；
裸臂挽清风回归红霞的霓裙，
眼角的笑意偷渡到相片挑腮。

微风从白云裙边又徐徐吹来，
裙边的皱纹跃出飞天的飘带；
摇篮里婴儿昂起小小的额头，
母亲的泪水流尽幼年的精彩！

微风从白云裙边再徐徐吹来，
灵魂和灵魂绾住无言的大爱！

PLATONIC 爱

微风从白云的裙边徐徐吹来，
发梢沾染的花香随风尾散开；
溪畔青青草把芬芳吸入葱茏，
涟漪和氤氲拥抱成一池徘徊。

云裳旋转着把层层青峦覆盖，
透过薄雾的阳光受群峰拥戴；
裸臂挽清风回归红霞的叠褶，
眼角的笑意偷渡到两片桃腮。

微风从白云裙边又徐徐吹来，
鬓边的皱纹跃出飞天的飘带；
摇篮里婴儿昂起小小的额头，
母亲的泪水流尽幼年的精彩！

微风从白云裙边再徐徐吹来，
灵魂和灵魂绾住无言的大爱！

歌谣　48cm×35cm　1996

黎明

森森，黑暗中睁开双眼——
被窗外寒冷的空气。

遥远处，隐抑的犬吠；
古屋里有去处老人的咳嗽声。

一阵檀香，从哪里来？
明角窗上的鱼肚色爬上了我的帐。

爷爷起身了，嚷嚷：
昨夜猫偷吃了油盏里的油。

黎明

森森，黑暗中睁开双眼——
被窝外寒冷的空气。

遥远处，隐抑的犬吠；
古屋里角落处老人的咳嗽声。

一阵檀香，从哪里来？
明角窗上的鱼肚色爬上了我的帐。

弟弟起身了，嚷嚷：
昨夜猫偷吃了油盏里的油。

情歌情节　50cm×38cm　1996

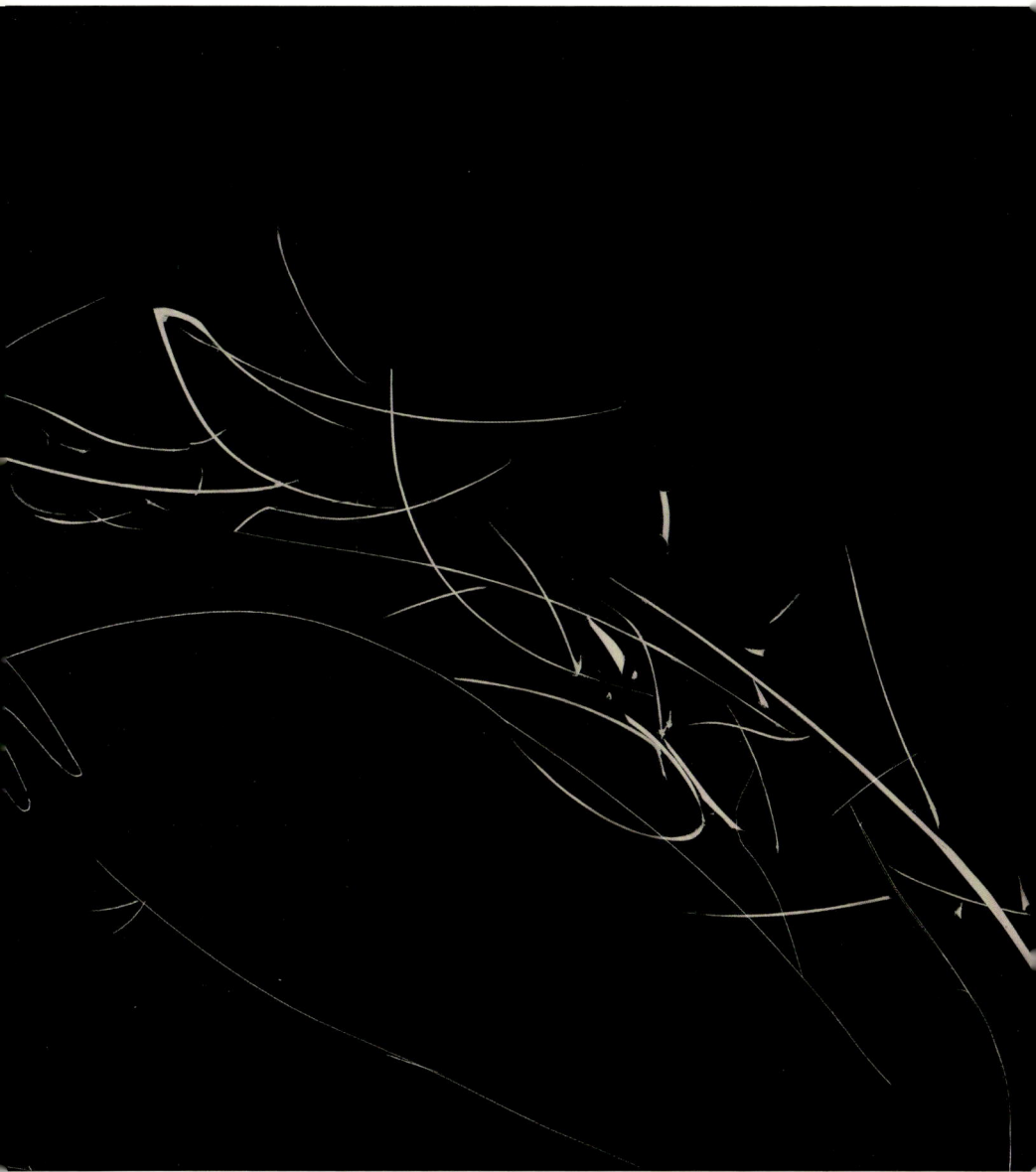

无题　38.5cm×75.5cm　2017

渔村 4 号

十七岁的花期是绿色的梦
发浪在洁白的缎带下波动
低着头在静静地阅读什么？
一卷新诗稿正握在手中

十七岁的花期是红色的梦
弟弟和妹妹带着笑朗诵
二姐呵为什么沉默不语？
脸上的红晕隐在夜色中

十七岁的花期是紫色的梦
等一等，你若把谜语猜中
送你红题豆：你可看见
灯光下慈母欣慰的笑容？

十七岁的花期是蓝色的梦
永远沉浸在太平洋大波中

渔村 4 号

十七岁的花期是绿色的梦
发浪在洁白的缎带下波动
低着头在静静地阅读什么?
一卷新诗稿正握在手中

十七岁的花期是红色的梦
弟弟和妹妹带着笑朗诵
二姐呵为什么沉默不语?
脸上的红晕隐在夜色中

十七岁的花期是紫色的梦
等一等,你若把谜语猜中
送你颗红豆:你可曾看见
灯光下慈母欣慰的笑容?

十七岁的花期是蓝色的梦
永远沉落在太平洋大波中

死船　50cm×38cm　1996

烟

日光又暗了，
古青龙桥边。

荒凉的牧场，
等候了十年。

暗红的化纸炉，
旧日的山门前。

轻轻飘一缕
鬼怪的火焰。

烟

日光又暗了，
古青龙桥边。

荒凉的牧场，
等候了十年。

暗红的化纸炉，
旧日的山门前。

轻轻飘一缕
鬼怪的火烟。

梅弄 50cm×35cm 1996

八月

紫色的芝麻花，
又已开遍在大地。

一片青翠的水稻田；
半身红衣，纤小的身体。

记得吗，野桑的荫下，
半遮着稚气的笑靥；

八月的晚霞，
曾照着孩子多情的眸子？

夕阳映着一朵乌发，
绒丝上闪动着光彩——

在田塍上奔跑，
绿色中动着一点红，远了……

八月

紫色的芝麻花，
又已开遍在大地。

一片青翠的水稻田；
半身红衣，纤小的身体。

记得吗，野桑的荫下，
半遮着稚气的笑靥；

八月的晚霞，
曾照着孩子多情的眸子？

夕阳映着一朵乌发，
纯丝上闪动着光彩——

在田塍上奔跑，
绿色中动着一点红，远了……

霜降　50cm×38cm　1996

课室

独立在昔日的课室里，
静寂的清晨，游子归来了啊！

课室的形态依旧，
兀立，谟谟地，两个时代的我。

同学，有的战死在沙场，
有的还在海外漂流。

啊，老师的慈柔，
也已埋入了万里外的坟茔。

坐到我昔日的座位上，
啊，上苍，让我再做一次那时的我！

我无言地感激，
晨光静寂，莫名的颤抖。

课室

独立在昔日的课室里，
静寂的清晨，游子归来了呵！

课室的形态依旧，
只是，漠漠地，两个时代的我。

同学，有的战死在沙场，
有的还在海外漂流。

啊，老师的慈柔，
也已埋入了万里外的坟墓。

坐到我昔日的座位上，
啊，上苍，让我再做一次那时的我！

我无言地感激，
晨光静寂，莫名的颤抖。

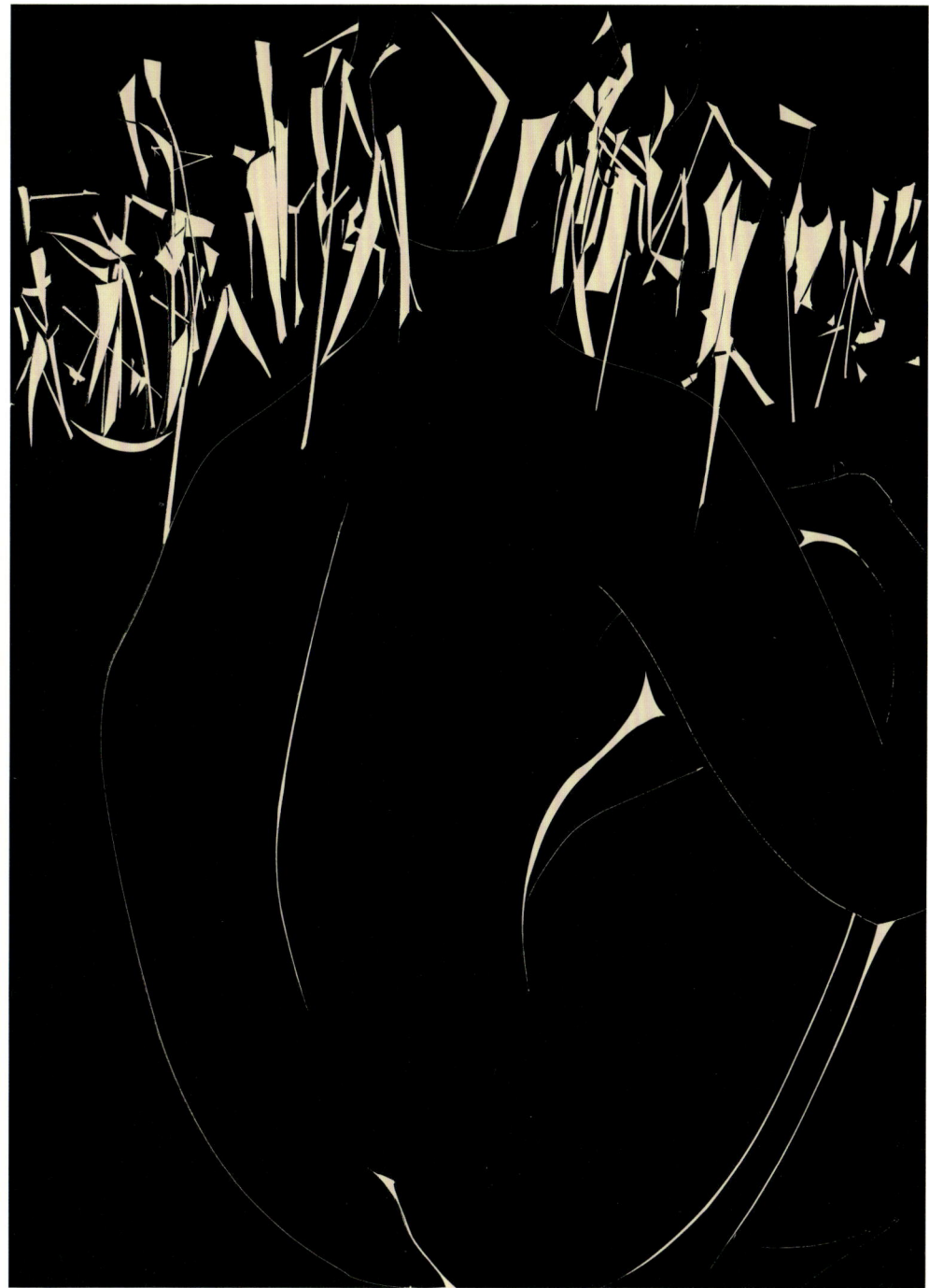

碎竹　67cm×49.5cm　2017

渔家

银白的发，紫酱的胸；
少女的面颊，欣着容。

船娘在水边浣衣；
老翁咬住了旱烟筒。

渔孩坐在船头，
两脚把河水拨弄。

晚饭好了，怎么缺一人？
大哥在前河里放弹弓。①

① 弹弓，一种捕鱼工具。

渔家

银白的发，紫酱的胸；
少女的面颊，敛着容。

船娘在水边浣衣；
老翁咬住了旱烟筒。

渔孩坐在船头，
两脚把河水拨弄。

晚饭好了，怎么缺一人？
大哥在前河里放弹弓。①

① 弹弓，一种捕鱼工具。

江东系列 50cm×35cm 1984

晨

阳光穿过了芦篷的隙，
在麻布帐上射着影条。

麻雀儿，小鸡儿，
晨光中的一片啁啾。

脚轮车起早来去，
咿哑声过了小桥。

孩子在深深地呼吸，
朝阳下睁开惺忪的眼；

他出了缸脚，①
又提了桶到河边去挽水；

没了码头，一夜的雨
河水满满地涨了。

① 江苏常州家乡语：一缸水用到最后，剩在缸底去沉淀物的一点水，叫缸脚。出：除去。

晨

阳光穿过了芦簾的隙，
在麻布帐上射着影条。

麻雀儿，小鸡儿，
晨光中的一片啁啾。

独轮车赶早市去，
咿呀声过了小桥。

孩子在深深地呼吸，
朝阳下睁开惺忪的眼；

他出了缸脚，[①]
又提了桶到河边去挽水；

没了码头，一夜的雨
河水满满地涨了。

① 江苏常州家乡语：一缸水用到最后，剩在缸底有沉淀物的一点水，叫缸脚。
出：除去。

四季系列　41cm×33cm　1987

卧病

他乡的卧病，
草席仿佛觉得冷了。

泥炉发出灰红，
墙外敲过卖铜鼓饼的担。

浓烈的苦味，
无力地揭开药罐的盖。

忽然接到家信，
字迹在恍惚中爬。

卧病

他乡的卧病，
草席仿佛觉得冷了。

泥炉发出灰红，
墙外敲过卖铜鼓饼的担。

浓烈的苦味，
无力地揭开药罐的盖。

忽然接到家信，
字迹在恍惚中爬。

霜夜里的惊醒　50cm×38cm　1992

永憶臨岐一莞爾
夜空遲對淚清瀅

癸未 屠岸書

依稀籬畔

別流星卅載

秋風魂夢縈

白芙蓉

一株白芙蓉,静静地立在石墙旁:
每次走过,我总要对她凝视。
她始终静静地站着,端庄而矜持,
过后,她送来一丝淡淡的清香。

这一回,我又在她的身边走过,
她的枝桠微微地倾侧向一方,
她神态依旧,点是添了点忧伤。
我久久看着她,直到她面带羞涩。

我仔细审察,为什么她情绪异常?
一只花蜘蛛在结网,出丝把芙蓉枝
同傲慢、华贵的紫薇联结在一起。

我立即动手,扯断了纤缠的蛛丝,
她随即站正了,腼腆中仍带着端庄。
我告别。她送来一阵浓烈的香气。

白芙蓉

一株白芙蓉，静静地站在石墙旁：
每次走过，我总要对她凝视。
她始终静静地站着，端庄而矜持，
过后，她送来一丝淡淡的清香。

这一回，我又在她的身边走过，
她的枝桠微微地倾侧向一方，
她神态依旧，只是添了点忧伤。
我久久看着她，直到她面带羞涩。

我仔细审察，为什么她情绪异常？
一只花蜘蛛在结网，蛛丝把芙蓉枝
同傲慢、华贵的紫薇联结在一起。

我立即动手，扯断了纠缠的蛛丝，
她随即站正了，腼腆中仍带着端庄。
我告别。她送来一阵浓烈的香气。

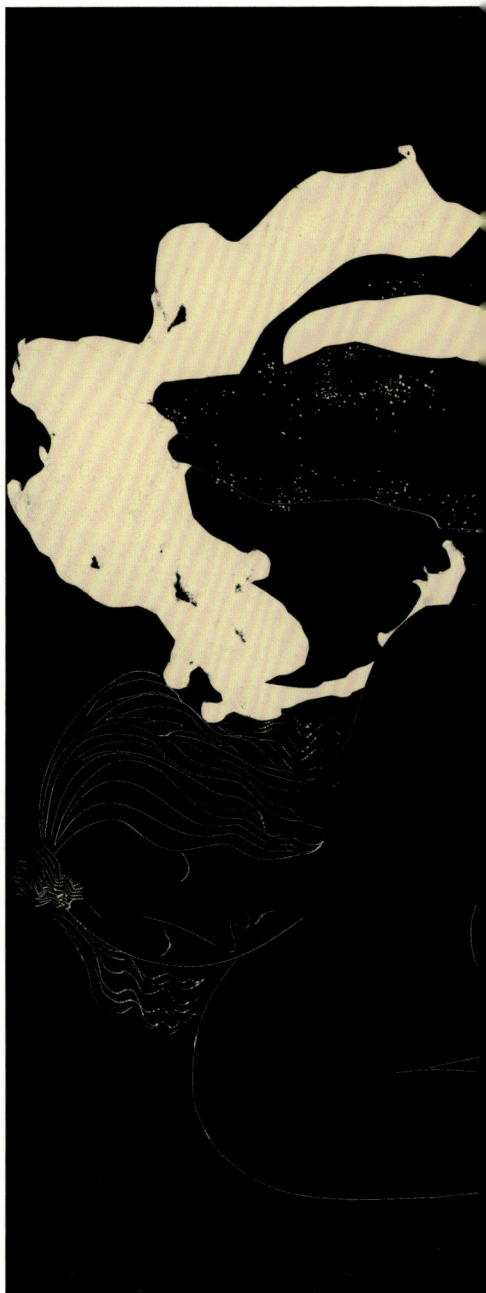

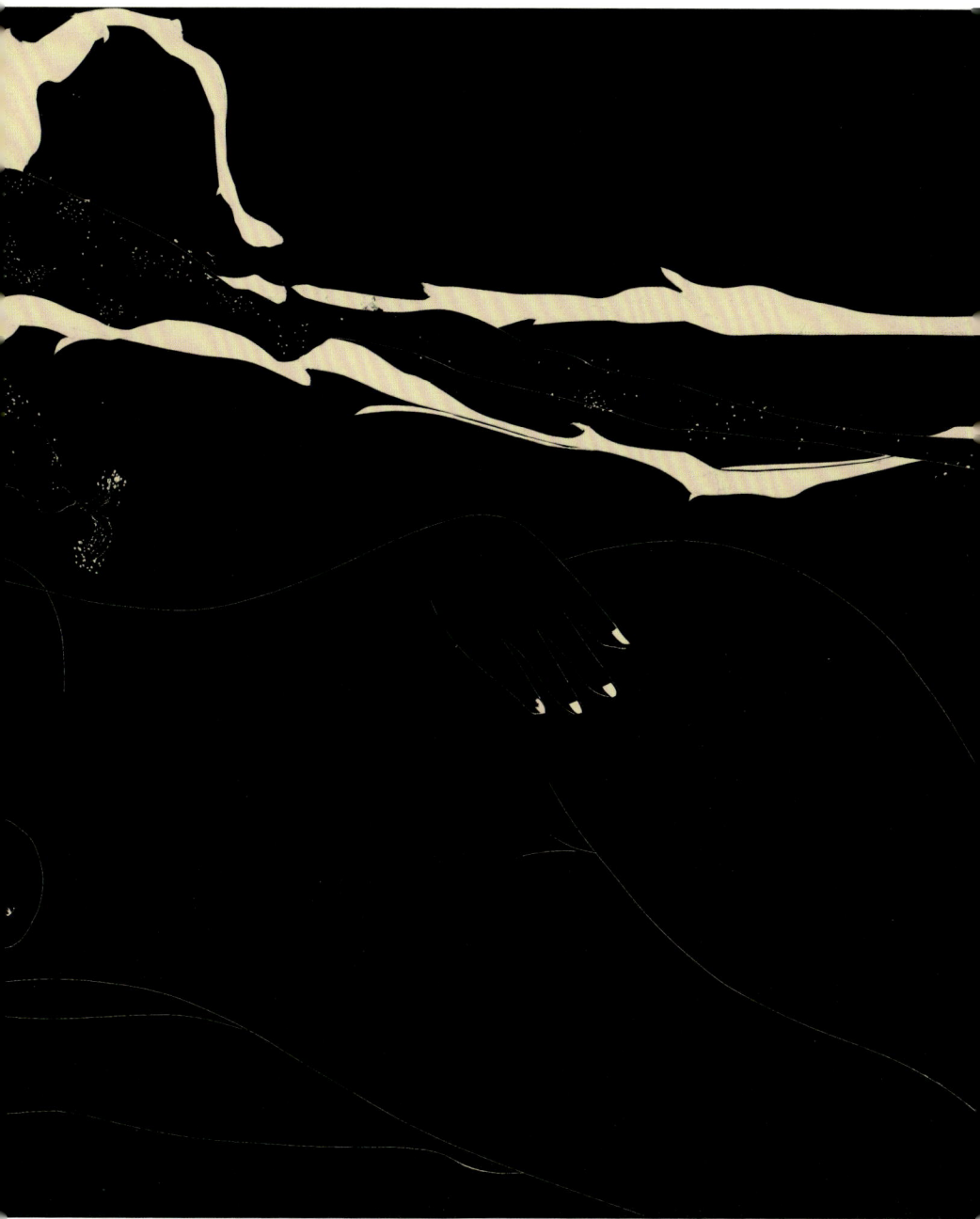

夏花　60cm×79cm　2017

麦浪

春的摇撼，
四月的动荡；

柔软的波呵，
却又敏捷！

是绿色的诱惑，
如是温暖，温暖……

但是，不再！
心儿筑坠。

麦浪

春的摇撼，
四月的动荡；

柔弱的波啊，
却又敏捷！

是绿色的诱惑，
如是温暖，温暖……

但是，不再！
心儿沉坠。

四月　60cm×60cm　1984

小城

小城的暮秋
两三株枯树

斜阳太淡了
像一层薄雾

西风，扫尽了
石皮上的落叶

和老年人心中
仅存的暖意

寂寞爬上了
每一片荒芜

白云，遮断了 ①
街头的归路

① 末二行借用林庚

小城

小城的暮秋
两三株枯树

斜阳太淡了
像一层薄雾

西风，扫尽了
石皮上的落叶

和老年人心中
仅存的暖意

寂寞爬上了
每一片荒芜

白云，遮断了①
街头的归路

① 末二行借用林庚

西班牙的海之三　50cm×70cm　1999—2000

幻想交响

黑色丝绒幕还没有拉开，
忐忑的心啊，安静！安静！
灯光渐暗，人声静下来——
身旁的空位啊，等等，再等等……

黑色丝绒幕正徐徐拉开，
忐忑的心啊，莫沉陷，莫沉坠！
燕尾服幽灵登上指挥台：
幻想的柏辽兹沉重地起飞——①

一团白光闪进了侧门，
邻座上飘来莹洁的衣裙；
弦乐的洪波漫过大厅，
冲击着两颗颤栗的心魂；

臂挽臂扭住死亡的大喜悦——
断头台进行曲在胸腔迸裂！

① 柏辽兹 (Hector Berlioz, 1803—1869)，法国最伟大的作曲家。其代表作《幻想交响曲》是他自己爱情生活之精神表达。其中第四乐章"断头台进行曲"描写作曲者梦见自己因情杀爱人而被判死刑押赴刑场，实际上反映了爱与死的永恒纠结和至死不渝的爱情。

幻想交响

黑色丝绒幕还没有拉开，
忐忑的心啊，安静！安静！
灯光渐暗，人声静下来——
身旁的空位呵，等等，再等等……

黑色丝绒幕正徐徐拉开，
忐忑的心啊，莫沉坠，莫沉坠！
燕尾服幽灵登上指挥台：
幻想的柏辽兹沉重地起飞——①

一团白光闪进了侧门，
邻座上飘来莹洁的衣裙；
弦乐的洪波漫过大厅，
冲击着两颗颤栗的心魂：

臂挽臂扣住死亡的大喜悦——
断头台进行曲在胸腔迸裂！

① 柏辽兹（Hector Berlioz, 1803—1869），法国最伟大的作曲家。其代表作《幻想交响曲》是他自己爱情生活的精神表达。其中第四乐章"断头台进行曲"描写作曲者梦见自己因情杀爱人而被判死刑押赴刑场，实际上反映了爱与死的永恒纠结和至死不渝的爱情。

风唱　70cm×50cm　2002

164 I 165

狗急跳墙

人嘱咐狗：跳墙！
狗不跳。
人命令狗：跳墙！
狗不跳。
人狂呼狗：跳墙！
狗不跳。
人操起菜刀要杀狗，
狗急，跳墙！

人嘱咐龟：跳墙！
龟不跳。
人命令龟：跳墙！
龟不跳。
人狂呼龟：跳墙！
龟不跳。
人拿起水果刀要杀龟，
龟眨眼，不跳。

狗有潜力，龟没有。

狗急跳墙

人嘱咐狗：跳墙！
狗不跳。
人命令狗：跳墙！
狗不跳。
人狂呼狗：跳墙！
狗不跳。
人操起菜刀要杀狗，
狗急，跳墙！

人嘱咐龟：跳墙！
龟不跳。
人命令龟：跳墙！
龟不跳。
人狂呼龟：跳墙！
龟不跳。
人拿起水果刀要杀龟，
龟眨眼，不跳。

狗有潜力，龟没有。

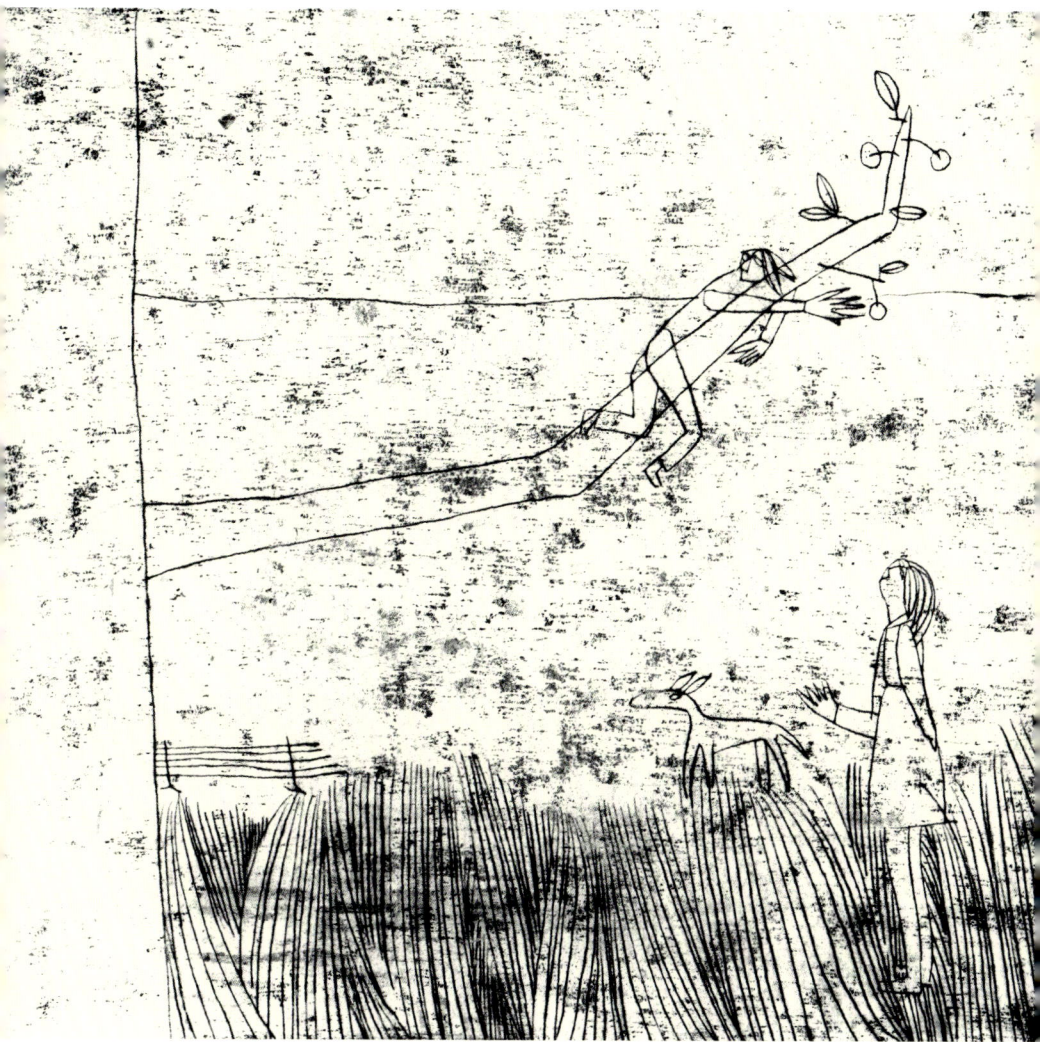

无题　尺寸不详　1984

168 ᛁ 169

古今书店

古典和现代在石级交叠；
刹那的无奈，心，在抖颤，
胸腔里汹涌着，广袤和窄狭，
此时此刻，放逐了，喟叹……

古典和现代在书籍里融汇：
皱额，微笑，向和解鸣啭，
睫毛，闪动着生命，说什么？
无调的泪痕，躲进眼帘……

古典和现代在心中分解：
夕阳的金光，为来发镶边。
薄衣领，晚风中微微掀动；
圣母像，仁之为一尊庄严。

这里不销售智慧和良知：
永别了，云中君，梦中的书店。

古今书店

古典和现代在门边交叠；
刹那的无奈，心，在抖颤，
胸腔里汹涌着，广袤和窄狭，
此时此刻，放逐了，喟叹……

古典和现代在书籍里融汇：
蹙额，微笑，向和解鸣啭，
睫毛，闪动着生命，说什么？
无泪的泪痕，躲进眼帘……

古典和现代在心中分解：
夕阳的金光，为柔发镶边。
薄衣领，晚风中微微掀动；
圣母像，伫立为一尊庄严。

这里不销售智慧和良知：
永别了，云中君，梦中的书店。

大雪　33cm×33cm　1988

西班牙的海之二　　38cm×50cm　1999-2000

174 | 175

中元节

墨黑的夜，
野鬼徘徊在歧途。

远处闪起瞬息的火花，
照着正在结鬼缘的老妇。

盂兰盆会散了，
骷髅们掩上门户。

贴在墙上的佛码，
在夜风中漫舞起舞。

施食台上静寂，
棺材里响起锣鼓。

香塔快要焚完，
烟缠住怪树。

坟墩上又是一堆火，
舞动着照入空虚。

中元节

墨黑的夜，
野鬼徘徊在歧途。

远处闪起瞬息的火花，
照着正在结鬼缘的老妇。

盂兰盆会散了，
骷髅们掩上门户。

贴在墙上的佛码，
在夜风中漠然起舞。

施食台上静寂，
棺材里响起锣鼓。

香塔快要焚完，
烟缠住怪树。

坟墩上又是一堆火，
耸动着照入空虚。

夜巡　45cm×38cm　1997

浇灭，还是点燃？

妈妈隔窗问儿子："你在干什么？"
原来小男孩在在园里蹦蹦跳跳："我要跳上月亮去！"说得多自豪！
"真是胡闹"？不，妈妈笑着说：
"好，可是你别忘了回来哦！"

孩子叫阿姆斯特朗，你可知道？①

课堂上，作文题目叫《我的志愿》：
"我要当一名小丑！"小男孩写道。
"胸无大志，没出息"，斥责加讥嘲？
不，老师给作文加了两个红圈：
"好，愿给你全世界带来欢笑！"

孩子叫查理·卓别林，你可知道？②

① 阿姆斯特朗是人类登月第一人。
② 卓别林是二十世纪伟大的喜剧演员。

浇灭，还是点燃？

妈妈隔窗问儿子："你在干什么？"
原来小男孩在后园里蹦蹦跳跳：
"我要跳上月亮去！"答得多自豪！
"真是胡闹"？不，妈妈笑着说：
"好，可是你别忘了回来哦！"

孩子叫阿姆斯特朗，你可知道？①

课堂上，作文题目叫《我的志愿》：
"我想当一名小丑！"小男孩写道。
"胸无大志，没出息"，斥责加讥嘲？
不，老师给作文加了两个红圈：
"好，愿你给全世界带来欢笑！"

孩子叫查理·卓别林，你可知道？②

① 阿姆斯特朗是人类登月第一人。
② 卓别林是二十世纪伟大的喜剧演员。

草露　50cm×35cm　1987

暮

沉昏，暗的月
寂寞的稻草场
隔岸的前村
远远一片犬吠

冷落的门前
也起了回应
一条狗的疲影
闪过了
灰色的野桥

暮

沉昏，暗的月
寂寞的稻草场
隔岸的前村
远远一片犬吠

冷落的门前
也起了回应
一条狗的疾影
闪过了
灰色的野桥

江东系列　35cm×26cm　1989

为我的贝阿特丽齐祈祷

鬼使神差，我的脚踏进了梵蒂冈，
魂魄被米开朗基罗、拉斐尔摄去。
以艺术为宗教，迈进圣彼得大教堂，
迎来了辉煌、肃穆和超凡的穹宇！

图柱支撑的华盖表征着至尊，
方格组成的穹顶复述着天启，
石雕"圣殇"澄诉着骨肉的深恩 ——
见到的是神吗？不，是人性的极致。

我不信天主教，只崇拜美的神灵。
我的贝阿特丽齐却皈依天国的耶稣。
相隔千万里，依然有痴心的交集，
我顿时俯身，为她向上帝祈福！

宗教和无神论是一对奇特的悖论，
只有爱，维系着两个飘泊的灵魂！

为我的贝阿特丽齐祈祷

鬼使神差，我的脚踏进了梵蒂冈，
魂魄被米开朗基罗、拉斐尔摄去。
以艺术为宗教，迈进圣彼得大教堂，
迎来了辉煌、肃穆和超凡的宏宇！

圆柱支撑的华盖表征着至尊，
方格组成的穹顶复述着天旨，
石雕"圣殇"凝铸着骨肉的深恩——
见到的是神吗？不，是人性的极致。

我不信天主教，只崇拜美的神灵。
我的贝阿特丽齐却皈依天国的耶稣。
相隔千万里，依然有两心的交萦，
我顿时俯身，为她向上帝祈福！

宗教和无神论是一对奇特的悖论，
只有爱，维系着两个漂泊的灵魂！

房子　50cm×35cm　1998

190 i 191

牛

树边拴看老牛
圆圈里的草吃光了

无力地甩看尾巴
衰老的年华

苍蝇紧叮在脊脊
皮肤疼痉地抽动

牧童来抱看颈项
泪滴下干松的尘土

牛

树边拴着老牛
圆圈里的草吃光了

无力地甩着尾巴
衰老的年华

苍蝇紧叮在背脊
皮肤痉挛地抽动

牧童来抱着颈项
泪滴下干松的尘土

初晴　54cm×40cm　1986

稻的波

浅黄与翠绿
色彩在起伏中交错

初秋的微风
泛起无言的音波

一望无际
阳光在碧浪上移过

大海中的蝼蚁
远处移动着田夫和锄

稻的波

淡黄与翠绿
色彩在起伏中杂错

初秋的微风
泛起无言的音波

一望无际
阳光在碧浪上移过

大海中的蝼蚁
远处移动着田夫和锄

摸鱼儿　70cm×50cm　2004

198 | 199

淮海路·夜

沥青这平坦，静过绿草坪，
小轿车静静地驶过绿灯；
橱窗里白蜡烛台边，祈祷——
别墅，打不开，公园的铁门。

曾经牵手，漫步在人行道，
啃着糕饭团，拂去晨露。
尽管以将军命名，这条街 ①
教人遐想，王勃的名句。

摆脱钉椿，穿狭弄曲巷。
已成为梦里，迂回的故事；
如今，挽着我的胳臂漫步的
是你的女儿，细说着历史。

淮海路，夜。这样静悄悄，
你在天国，倚云栏，含笑……

① 淮海路，在法租界时期名霞飞路名。霞飞（Joseph J. C. Joffre,
1852-1931），法国将军。第一次世界大战时任法军总司令，1916年
晋升元帅。 王勃的句："落霞与孤鹜齐飞，秋水共长天一色。"

淮海路·夜

沥青道平坦，静过绿草坪，
小轿车静静地驶过绿灯；
橱窗里白蜡烛台边，祈祷——
别墅，打不开，公园的铁门。

曾经牵手，漫步在人行道，
嚼着糍饭团，拂去晨露。
尽管以将军命名，这条街①
教人遐想，王勃的名句。

摆脱钉梢，穿狭弄曲巷，
已成为梦里，迂回的故事；
如今，挽着我的胳臂漫步的
是你的女儿，细说着历史。

淮海路，夜，这样静悄悄，
你在天国，倚云栏，含笑……

① 淮海路，在法租界时期名霞飞路。霞飞（Joseph J.C.Joffre, 1852-1931），法
国将军，第一次世界大战时任法军总司令，1916年晋升元帅。王勃的名句："落霞
与孤鹜齐飞，秋水共长天一色。"

鸟儿乖乖　50cm×38cm　1998

霏采薇句

車前草盡雉雊

戊子夏日屠峯書

昔我往矣楊柳依依今我來思雨雪霏霏

出夔门

锣声镗镗！起火了，浓烟滚滚……
　鄢郢廖阳叙一个泥塑崩裂，
　通向张飞庙山门的陡阶倾斜——
左舷里烈焰熊熊——出窍了，灵魂！

脉搏在剧跳，淋漓的大汗一身；
　梦与醒，火与水，预兆着翻船的定数？
　正与反，祸与福，岂能人凝就着暮夜；
惶惑没停止，心随着江水浮沉。

滟滪堆炸平，航标灯如鬼眼睐烁。
　探照灯打向夜空，哪里有白帝城？
奉节的灯火难突破密雾的封锁。

　狂奔到船首，面对着巨浪凝神，
瞿塘峡如黑铁把我紧紧地包裹：
　如炮弹出膛，我，冲出了夔门！

出夔门

锣声镗镗！起火了，浓烟滚滚……
　　酆都廖阳殿一个个泥塑崩裂，
　　通向张飞庙山门的陡阶倾斜——
后舱里烈焰熊熊——出窍了，灵魂！

脉搏在剧跳，淋漓的大汗一身；
　　梦与醒，火与水，预兆着翻船的灾孽？
　　正与反，祸与福，掌舵人凝视着墨夜；
惶惑没停止，心随着江水浮沉。

滟滪堆炸平，航标灯如鬼眼映烁。
　　探照灯打向夜空，哪里有白帝城？
奉节的灯火难突破密雾的封锁。

　　狂奔到船首，面对着巨浪凝神，
瞿塘峡如黑铁把我紧紧地包裹：
　　如炮弹出膛，我，冲出了夔门！

门神　50cm×35cm　1988

济慈墓畔的沉思

你的名字是用水写成，还是
写在水上？"逝者如斯夫，
属于你的、所有的速朽之物
埋葬在这里，远离喧嚣的尘世。

你所铸造的、所有的不朽之诗
存留在"真"的心扉，"美"的灵府，
使人间有一座圣坛，一片净土，
夜莺的鸣啭在这里永不消逝。

我在你墓前徘徊，拾一片绿叶——
你的诗句的象征，紧贴在胸前，
感受流水哺养的永恒的自然。

我在你墓畔冥想，沉入梦幻：
见海神驭八骏凌驾阶涛的伟业，
你是浪尖上一滴晶莹的泪液。

济慈墓畔的沉思

你的名字是用水写成，还是
写在水上？哦，逝者如斯夫，
属于你的、所有的速朽之物，
埋葬在这里，远离喧嚣的尘世。

你所铸造的、所有的不朽之诗
存留在"真"的心扉，"美"的灵府，
使人间有一座圣坛，一片净土，
夜莺的鸣啭在这里永不消逝。

我在你墓前徘徊，捡一片绿叶——
你的诗句的象征，紧贴在胸前，
感受流水哺养的永恒的自然。

我在你墓畔冥想，沉入梦幻：
见海神驭八骏凌驾波涛的伟业，
你是浪尖上一滴晶莹的泪液。

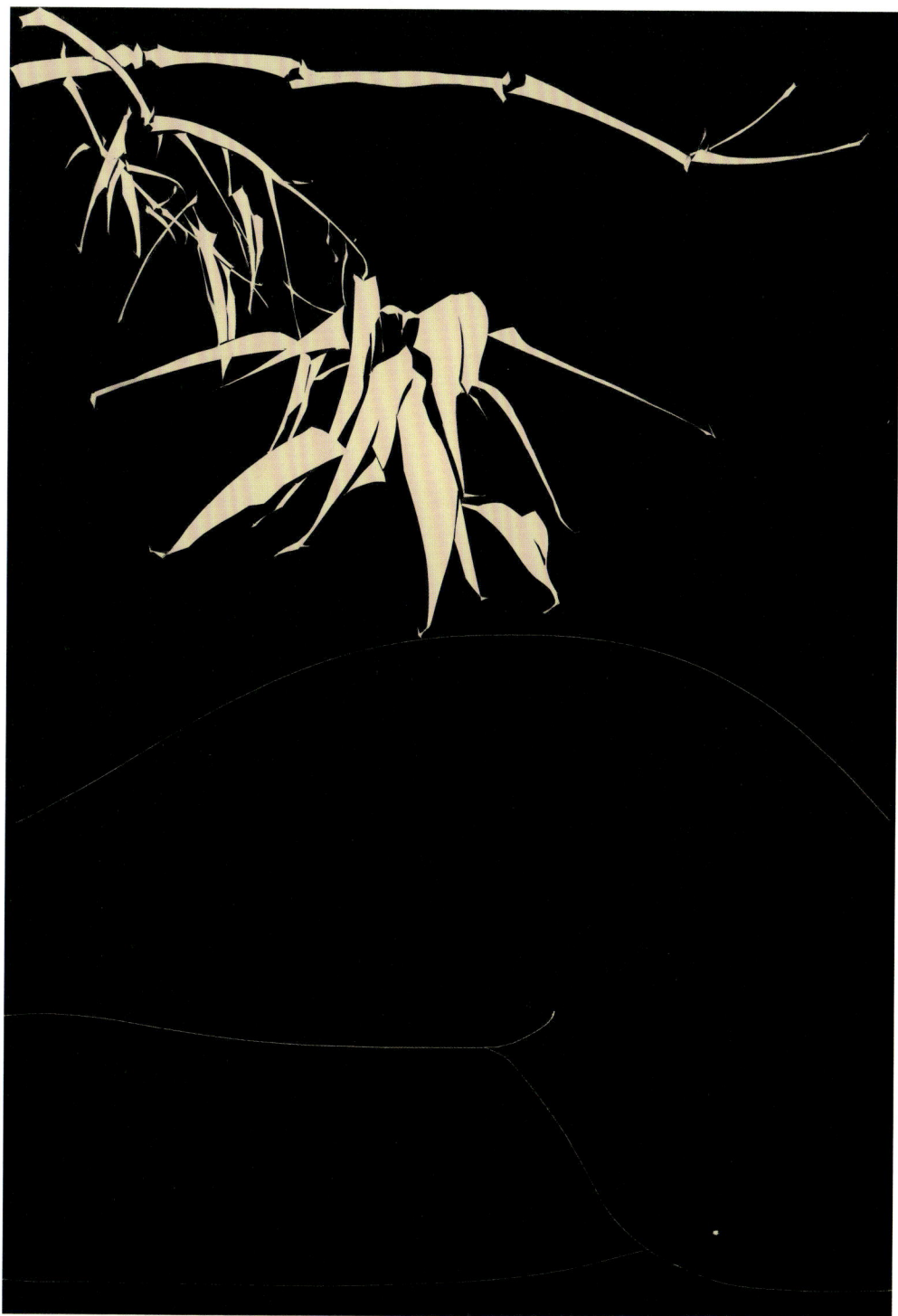

青竹　76cm×52cm　2017

你的眼睛是笑的双星

白衬衣领子，盖住半边红领巾，
额头炫亮，眼睛是笑的双星——
一连串常州乡音，从唇边泻出，
秋白读书处，听你弹拨芽亚铃……

少年故事，紫檀木浮雕摇漾；
潺潺溪水，流淌的字词脆亮；
主语，谓语，和定语，交错缠绕，
奋奋狩，勉勉狩，冠英学子狩交响……

师竹亭伴你跳绳，芝吉阁书室
拥你在怀中，看你阅读，朗诵诗；
人文渊薮。院士碑矗立古范式；
乌黑的发辫垂肩；随风扬驰。

觅渡桥迤迤：寻觅径路赴彼岸——
嗓音滚珠，童声画音符；鸟鸣涧……

你的眼睛是笑的双星

白衬衣领子，盖住半边红领巾，
额头炫亮，眼睛是笑的双星——
一连串常州乡音，从唇边泻出，
秋白读书处，听你弹拨梵亚铃……

少年故事，紫檀木浮雕摇漾；
潺潺溪水，流淌的字词脆亮；
主语，谓语，和定语，交错缠绕，
奋奋猗，勉勉猗，冠英学子猗交响……

师竹亭伴你跳绳，茗杏图书室，
拥你在怀中，看你阅读，朗诵诗；
人文渊薮。院士碑矗立为范式；
乌黑的发辫垂肩；随风扬驰。

觅渡桥遁迹：寻觅径路赴彼岸——
嗓音滚珠，童声画音符；鸟鸣涧……

传唱　50cm×38cm　1998

216 | 217

牧女

牧女赤着紫色的两足
走近河滩，溅出小小的浪花。

树根上系着的缰绳解了，
牵出浴了半天的水牛。

牛儿依恋着河水，
半身黄泥，还不肯起来。

终于驮了女孩，慢慢地
走向暮色中的村落。

牧女

牧女赤着紫色的两足
走近河滩，溅出小小的浪花。

树根上系着的绳索解了，
牵出浴了半天的水牛。

牛儿依恋着河水，
半身黄泥，还不肯起来。

终于驮了女孩，慢慢地
走向暮色中的村落。

白秋　70cm×50cm　2004

夜语

古屋里
寒天的夜晚
两人同盖一条被

我的伴的冷足
无意间深入我的内衣
将我惊醒

回忆着昨夜村中的喜筵
我推推我的
也已醒了的伴

抑不住胸口的跳动
迟疑了半响——
终于脱口向他道：

昨晚席间邻座
穿绿色格子布上衣的
姑娘，她是——谁？

夜语

古屋里
寒天的夜晚
两人同盖一条被

我的伴的冷足
无意间深入我的内衣
将我惊醒

回忆着昨夜村中的喜筵
我推推我的
也已醒了的伴

抑不住胸口的跳动
迟疑了半晌——
终于脱口问他道：

昨晚席间那位
穿绿色格子布上衣的
姑娘，她是——谁？

无题　38cm×32cm　1987

豆浆

记着冬晨的吊桥上，
热腾腾的豆浆！

踏着月下的瓦砾，
依稀的门墙。

啊，变动了的容貌，
三年前的照像。

还忆着你微笑，
瑟瑟的阴凉。

豆浆

记着冬晨的吊桥上，
热腾腾的豆浆！

踏着月下的瓦砾，
依稀的门墙。

啊，变动了的容貌，
三年前的照像。

还忆着那微笑，
瑟瑟的阴凉。

出梅 36cm×27cm 1988

莱市场一角

前门是铁门，后门是木门；
木质般厚重，钢铁般坚贞；
抬头仰望着受难的圣者；
在前房祈祷，在后房读经。

前门通后门，穿堂脚步轻；
连结着聪慧，贯串着虔诚。
记录着心路历程的日记册
面对着少女含笑的眼睛。

从前门走进，依后门坐定，
话儿说不完，心儿跳不停；
水一样清冽，火一样炽热，
送走了黎明，爱抚着黄昏。

爆炸的巨响震撼着全城：
你去了哪里？美丽的惊魂！

菜市路一角

前门是铁门，后门是木门；
木质般厚重，钢铁般坚贞；
抬头仰望着受难的圣者；
在前房祈祷，在后房读经。

前门通后门，穿堂脚步轻；
连结着聪慧，贯串着虔诚。
记录着心路历程的日记册
面对着少女含笑的眼睛。

从前门走进，依后门坐定，
话儿说不完，心儿跳不停；
水一样清冽，火一样炽热，
送走了黎明，爱抚着黄昏。

爆炸的巨响震撼着全城：
你去了哪里？美丽的惊魂！

白露　50cm×35cm　1997

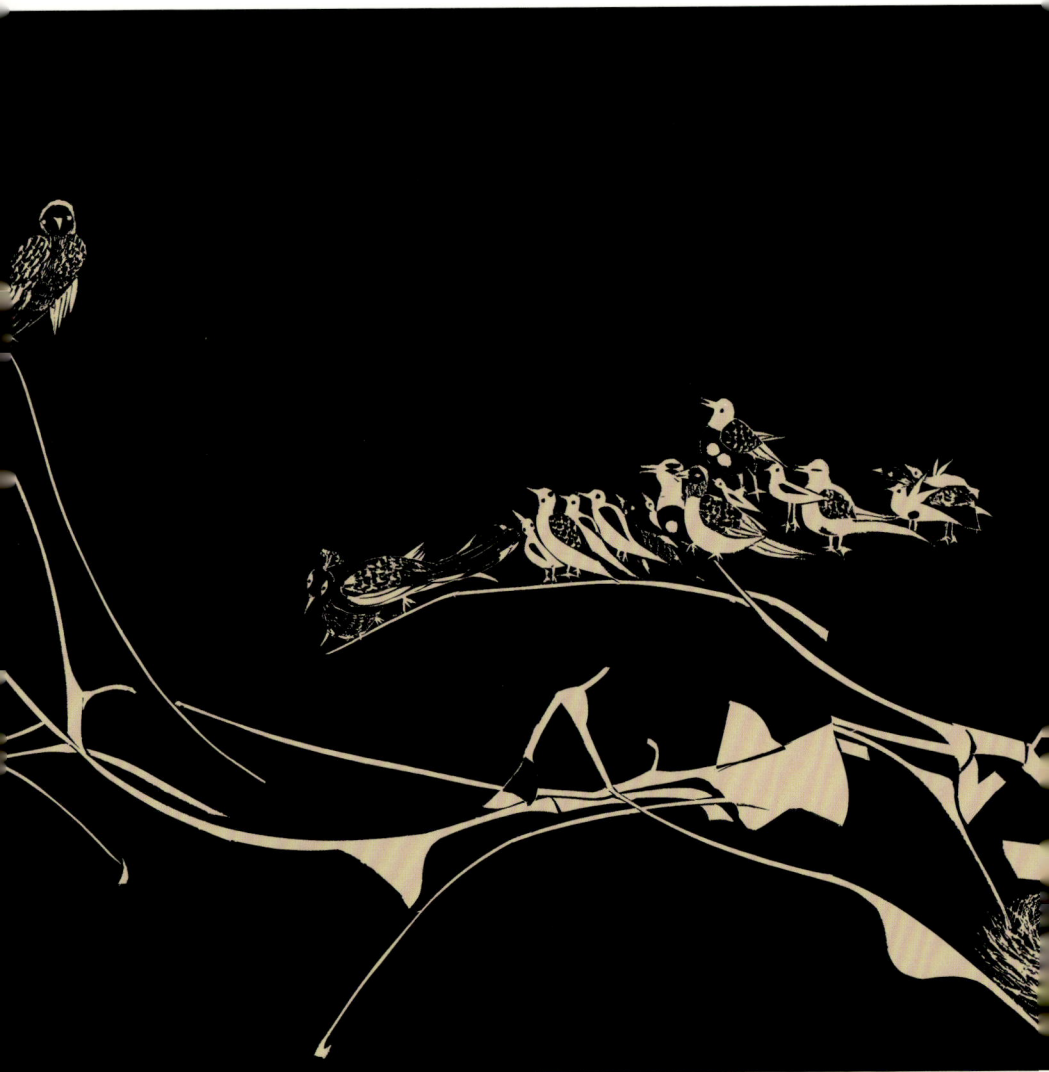

无题　尺寸不详　1987

村夜

夜，已经深沉，
纳凉场上也已寂静。

黑色的稻草塔上镶着镰刀，
满天的乌云。

一个村童的身影，
持着蒲扇，在扑捕流萤。

场上一堆白烟，
除蚊草在孤寂地焚。

村夜

夜，已经深沉，
纳凉场上也已寂静。

黑色的稻草塔上镇着镰刀，
满天的乌云。

一个村童的身影，
持着蒲扇，在扑捕流萤。

场上一堆白烟，
除蚊草在孤寂地焚。

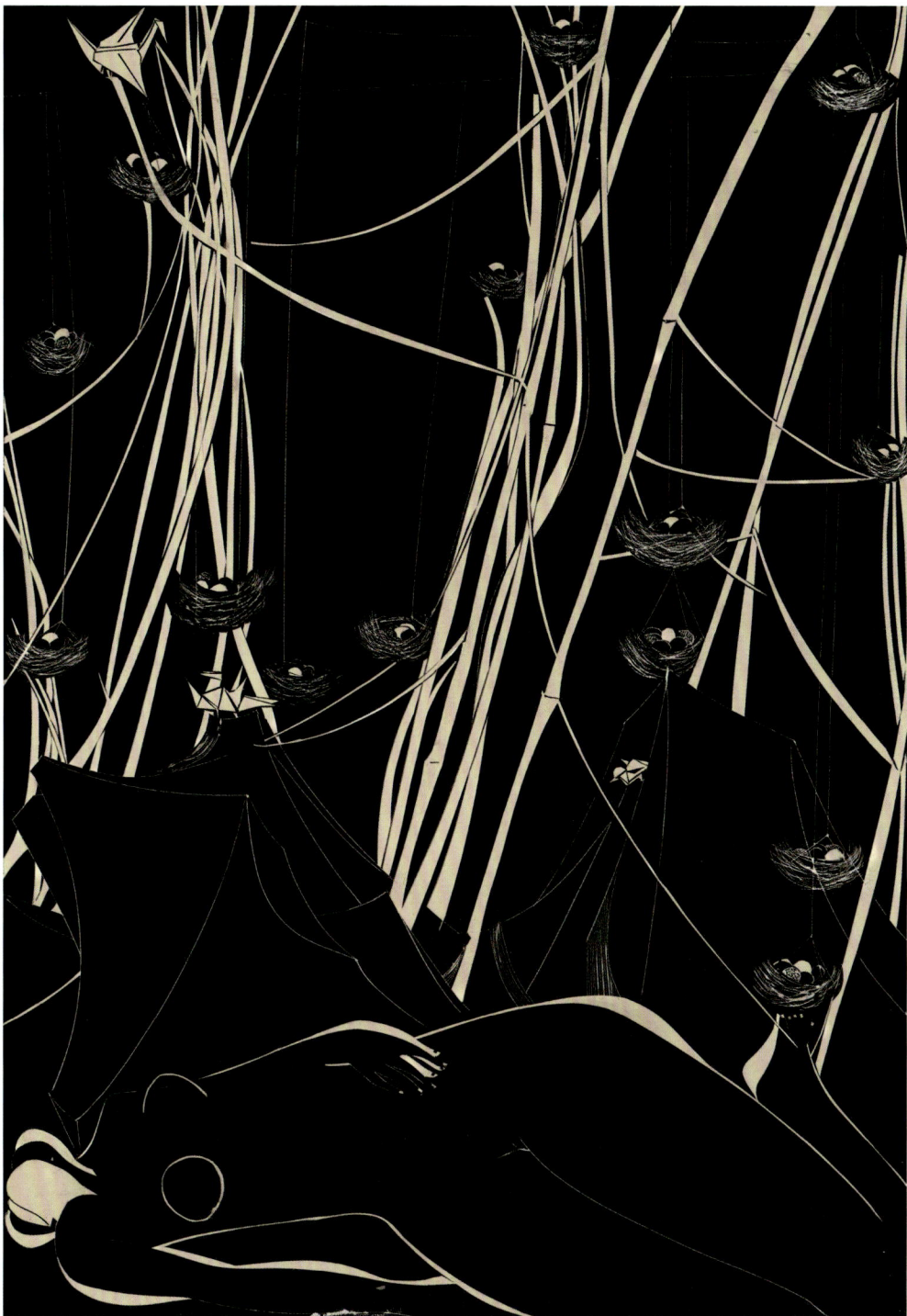

仁人 75cm×52cm 2017

238 ı 239

礁石

大海以软浪的手指
千百次地爱抚她的宠儿，
在千百次的爱抚下，
礁石的肌肤变得光洁润滑；
他匍匐在母亲的胸膛上，
吸吮那永不枯涸的乳浆；
他在永远摇荡的摇篮里安卧，
听潮水喃喃地唱着催眠的歌。
大海用千万条头发的弧线
织成一团爱意覆盖孩子的脸；
礁石偎在母亲的臂弯里，
让柔情的高潮淹没了自己。

大海寻找孩子的踪影，
不知道这小小的身躯已经
在过多的爱流里沉沦。

礁石

大海以软浪的手指
千百次地爱抚她的宠儿，
在千百次的爱抚下，
礁石的肌肤变得光洁润滑；
他匍匐在母亲的胸膛上，
吸吮那永不枯涸的乳浆；
他在永远摇荡的摇篮里安卧，
听潮水喃喃地唱着催眠的歌。
大海用千万条头发的弧线
织成一团爱意覆盖孩子的脸；
礁石偎在母亲的臂弯里，
让柔情的高潮淹没了自己。

大海寻找孩子的踪影，
不知道这小小的身躯已经
在过多的爱流里沉沦。

雨后　35cm×35cm　1999

还归

深夜的喊门，
遥遥，没有回应。

踯躅在小巷，
淙淙，桥下的流水。

门前的柳荫场，
落叶，这样的寂寥。

跨下码头，缓缓地
船家送来柴火的焖味。

清夜，昏淡的渔火，
描一幅夜的速写。

迟归

深夜的喊门，
遥遥，没有回应。

踯躅在小巷，
淙淙，桥下的流水。

门前的柳岸场，
落叶，这样的寂寥。

跨下码头，缓缓地
船家送来柴火的烟味。

消夜，借淡的渔火，
描一幅夜的速写。

西班牙的海之七　50cm×38cm　2000

烛

新郎凝视一对烛，
酒后兴奋的脸微红着。

也泛起温柔的红色，
兰否她回娘德志的脸。

一声轻的爆裂——
新的烛花被散出椿脂味。

脑中的孕乱暂时平静下去——

客人都走散了，
狼藉的房在烛光中摇曳。

新人最紧张时刻
汹涌而至……

烛

新郎凝视一对烛，
酒后兴奋的脸微红着。

也泛起温柔的红色，
然而她回转倦态的脸。

一声轻的爆裂——
新的绣花被散出樟脑味。

脑中的杂乱暂时平静下去——

客人都走散了，
狼藉的房在烛光中摇曳。

新人最紧张时刻
汹涌而至……

花开花落　　50cm×44cm　1996

爱汶河畔斯特拉福镇

你是动荡和宁静，光斑和幽影；
教阿浪和云霓漫过你跳跃的心搏；
你是休止和行进，欢乐和悲恸；
让野花幻作你满腮的泪珠和笑涡。

你的木屋和剧院在绿叶里隐藏，
影影绰绰，为什么不停留片时？
笔直的克洛普顿桥是你的脊梁，
迎面来，招手去，就这样稍纵即逝！

你呀，来得太迟缓，去得太仓促，
我渴求把你诞生的巨人认清。
这就是他的品格？他的风度？
是的。心上的一瞬间已成为永恒。

在我的梦里你曾是千百次真实，
今天我见到你却是梦里的幻视。

爱汶河畔斯特拉福镇

你是动荡和宁静，光斑和丛影；
教河浪和云霓漫过你跳跃的心搏；
你是休止和行进，欢乐和悲悯；
让野花幻作你满腮的泪珠和笑涡。

你的木屋和剧院在绿叶里隐藏，
影影绰绰，为什么不停留片时？
笔直的克洛普顿桥是你的脊梁，
迎面来，招手去，就这样稍纵即逝！

你呀，来得太迅猛，去得太仓促，
我渴求把你诞生的巨人认清。
这就是他的品格？他的风度？
是的。心上的一瞬间已成为永恒。

在我的梦里你曾是千百次真实，
今天我见到你却是梦里的幻视。

江东系列　26cm×35cm　1989

闲花房

东方古老的神性复活了
沉睡千年的床荷明月光复活了
芳草绿叶落英缤纷复活了
庄周和蝴蝶复活了
青春睡梦中的 窈窕淑女复活了

黑夜，是温暖的众芳之所在
赤橙黄绿青蓝紫依偎在这里
悲哀和喜悦 依偎在这里
山鬼和云中君依偎在这里
正则的灵魂，蕴蓄和爆破在这里

犀利的刀锋刻出的白色线条
勾连了无法测知其深度的黑夜
在臂弯的弧线中 向无穷延伸
伯牙碎琴的声音从永恒传来

闲花房

东方古老的神性复活了
沉睡千年的床前明月光复活了
芳草鲜美落英缤纷复活了
庄周和蝴蝶复活了
青春睡梦中的 窈窕淑女复活了

黑夜，是温暖的众芳之所在
赤橙黄绿青蓝紫依偎在这里
悲哀和喜悦依偎在这里
山鬼和云中君依偎在这里
正则的灵魂，蕴蓄和爆破在这里

犀利的刀锋刻出的白色线条
构建了无法测知其深度的黑夜
在臂弯的缠绕中 向无穷延伸
伯牙碎琴的声音从永恒传来

闲花房之春　50cm×40cm　1989

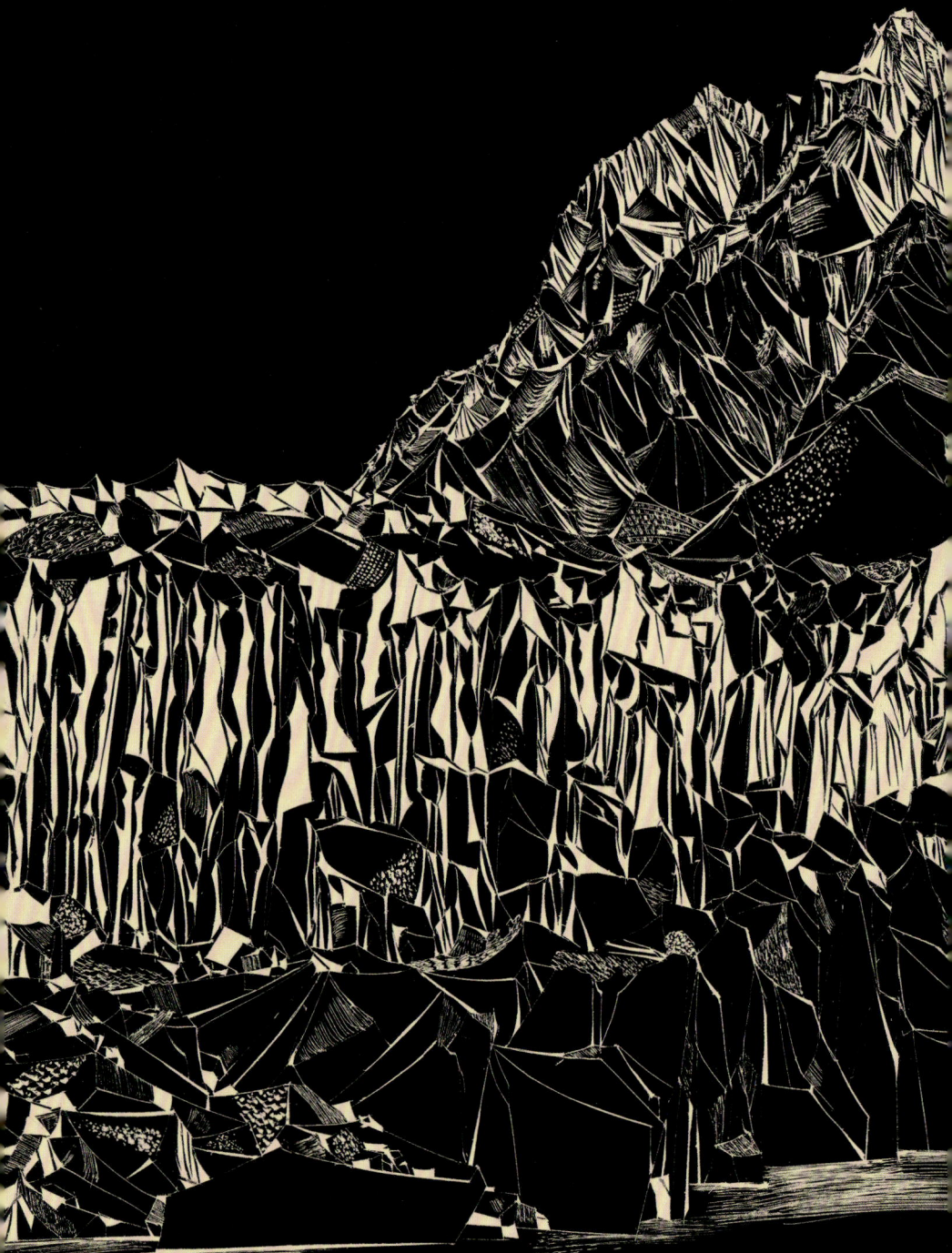

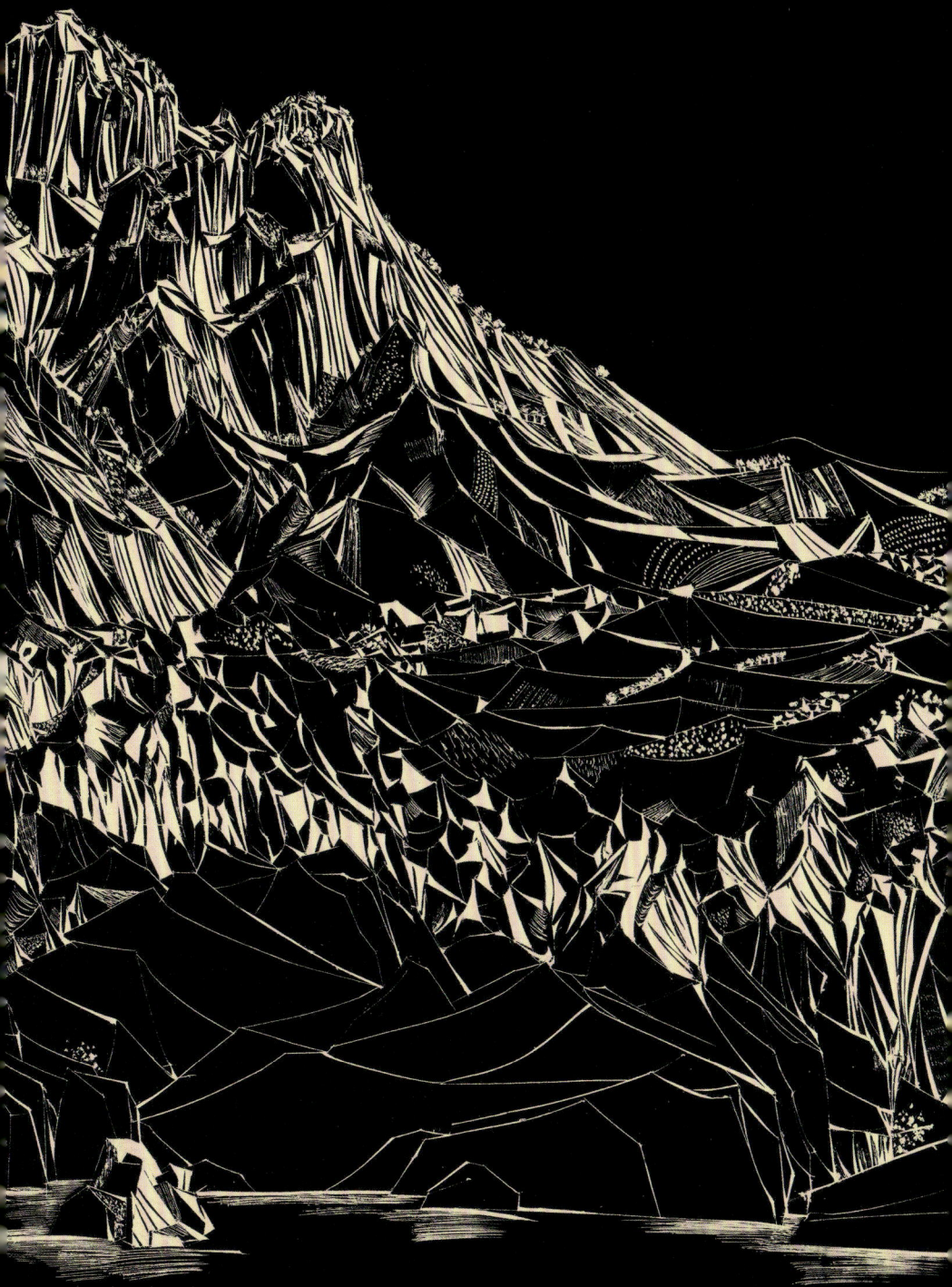

净土无敌　70cm×50cm　2012

冷冰川

冷冰川，江苏南通人。
获巴塞罗那大学美术学院博士学位。
潜心创作黑白墨刻新生活、绘作。

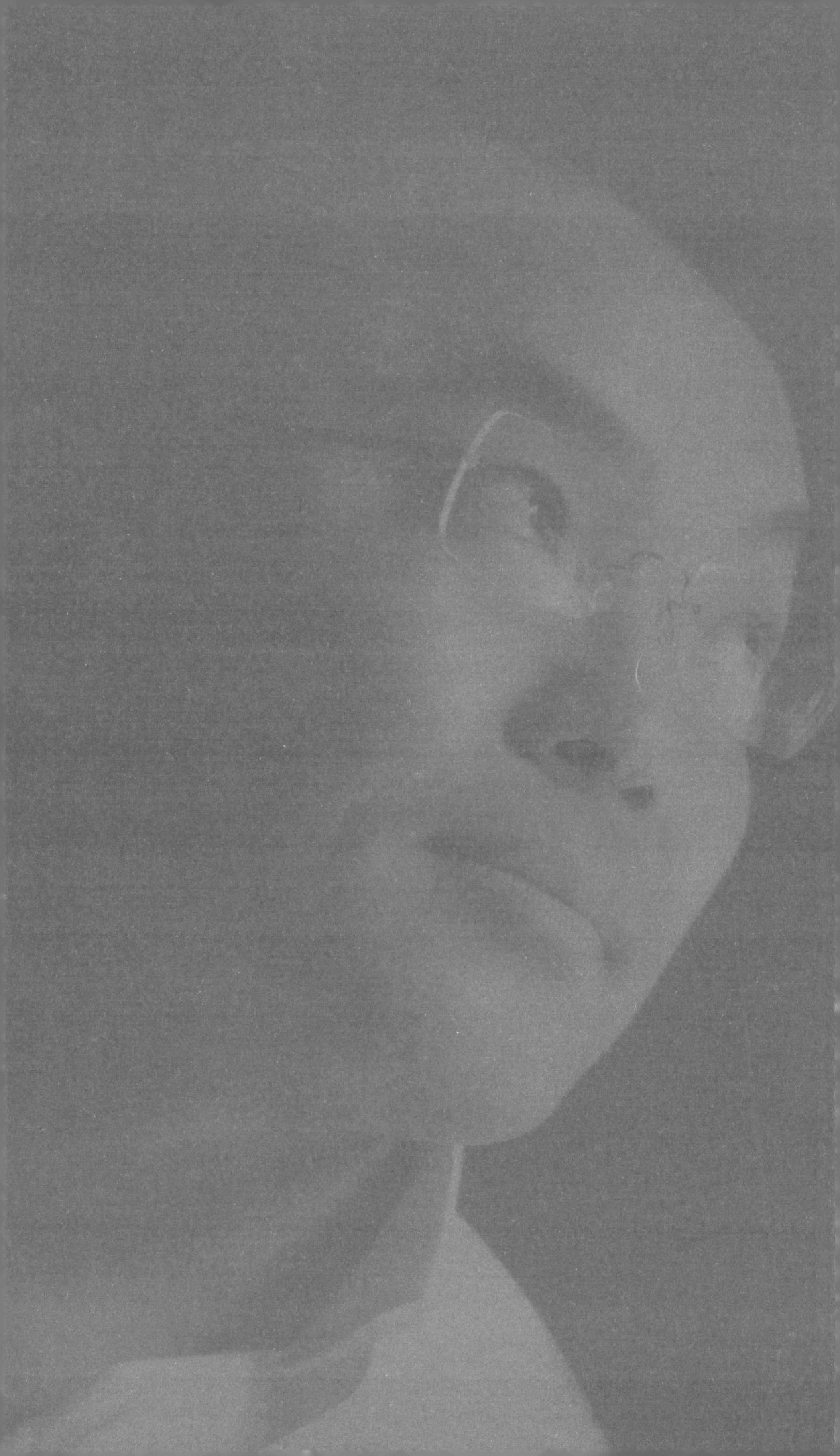

后记

章燕

在那个寒冷的冬天，我最亲爱的父亲永远地走了，但是，他并没有远离，因为他一直走进了我的心里，每日每夜与我相伴相依……

父亲走之前有很多事情要做，回信，记日记，接待友人来访，编辑译文集……但在他的心里还有一件事情要完成，我一直记挂着，要帮他做成这件事，要让他心满意足地看到它，这就是他与冷冰川先生合作的这部诗与画的合集！但，他还是匆匆地走了，我心存无尽的遗憾和伤痛！好在，这部合集就要与读者见面了。我想象着，父亲一定会在鲜花簇拥的天国见到它，微笑着！

父亲在少年时代受到他母亲的影响开始写诗，但那时他也曾倾心于绘画，进过刘海粟先生的美术班学习，常沉浸于绘画的快乐中。然而，诗神最终引领着他走上了诗歌创作的道路，画则进入了他的诗。1942年父亲曾在江苏吕城的乡村居住过几个月，其间，他集中创作了一批带有鲜明绘画意境的诗作，这成为他早年诗歌的代表性作品。此后，直至晚年，他的诗作中大多浸润着浓浓的画意！

父亲与冰川先生有着多年的交往，那是诗与画的碰撞迸发出的激越火花。在看到冰川先生的黑白刻墨作品时他感到一种心灵的悸动。2001年他为冰川先生的画作写下了多首诗篇，那是他的诗与冰川先生的艺术作品的一次灵的交合。父亲曾经说："苏轼称王维画中有诗，冰川不是画中有诗，而是创作了绘画诗。肖邦是钢琴诗人，冰川是绘画诗人。"正是这浸润着画境的诗与灵动着诗的画使他们达到了心灵的契合，产生了出一部合集的想法。2001年我与父亲一起游历欧洲，曾在西班牙的巴塞罗那的冰川先生家小住，相处非常愉快。2007年父亲作为冰川先生与他的太太关关的家人和长辈奔赴西班牙，见证了他们结合的幸福时刻。父亲与冰川先生的关系超越了一般的友人，是诗与画把他们紧紧地连接在一起。

父亲对文字有着天然的敏感和钟情，从少年时代起他就对汉字倾注了极大的心力，终其一生。在这个电脑普及的时代，他固执地保持着一辈子不变的习惯：用手写完成所有文字。去年春天，他开始筛选和誉抄自己的诗作，为这部合集的出版做准备。在父亲的一生中，笔从未离开过他的手，笔杆体验着他和润的体温，笔尖感受着他灵魂跃动的力度。字里行间包涵着他永不终结的生命，从未有过颤抖和犹疑。直至生命的最后时刻，他为了这本合集，毅然紧握着饱蘸浓墨的笔，写下了他生命的绝唱，那是永远燃烧着的"火"……

感谢冷冰川先生、孙洪设计师、马溪芮香料师，以及三联书店的郑勇先生、唐明星女士为这部合集付出的大量心力和精力！

愿父亲在天国诗魂不灭，精神永存！

2018年3月26日

屠岸作品

图书在版编目（CIP）数据

屠岸－冷冰川 诗与画/屠岸，冷冰川 著 . —北京：
生活·读书·新知三联书店，2018.8
ISBN 978-7-108-06352-6

Ⅰ.①屠… Ⅱ.①屠…②冷… Ⅲ.①诗集－中国－当代
②插图（绘画）－作品集－中国－现代 Ⅳ.① I227 ② J228.5

中国版本图书馆 CIP 数据核字（2018）第 145294 号

特邀编辑　章　燕

责任编辑　唐明星

装帧设计　孙　洪

责任印制　卢　岳

出版发行　生活·讀書·新知 三联书店
　　　　　（北京市东城区美术馆东街 22 号 100010）

网　　址　www.sdxjpc.com

经　　销　新华书店

印　　刷　北京图文天地制版印刷有限公司

版　　次　2018 年 8 月北京第 1 版
　　　　　2018 年 8 月北京第 1 次印刷

开　　本　787 毫米 ×1092 毫米　1/16

印　　张　18

字　　数　40 千字　图 72 幅

印　　数　0,001-5,000 册

定　　价　99.00 元

（印装查询：010-64002715；邮购查询：010-84010542）